KB055661

무당
패왕

무당패왕 13 완결

2024년 4월 18일 초판 1쇄 인쇄
2024년 4월 23일 초판 1쇄 발행

**지은이** 윤신현
**발행인** 김관영

**기획** 박경무 강민구 임동관 조익현 최시준 신정윤
**책임편집** 이정규
**마케팅지원** 유형일 장민정

**발행처** (주)로크미디어
**출판등록** 2003년 3월 24일
**주소** 서울시 마포구 마포대로 45 일진빌딩 6층
Tel (02)3273-5135 **Fax** (02)3273-5134
**홈페이지** rokmedia.com **E-mail** rokmedia@empas.com



값 9,000원

ISBN 979-11-408-1803-7 (13권)
ISBN 979-11-408-1050-5 04810 (세트)

윤신현 신무협 장편소설

완결 13

# 武當霸王

# 무당패왕

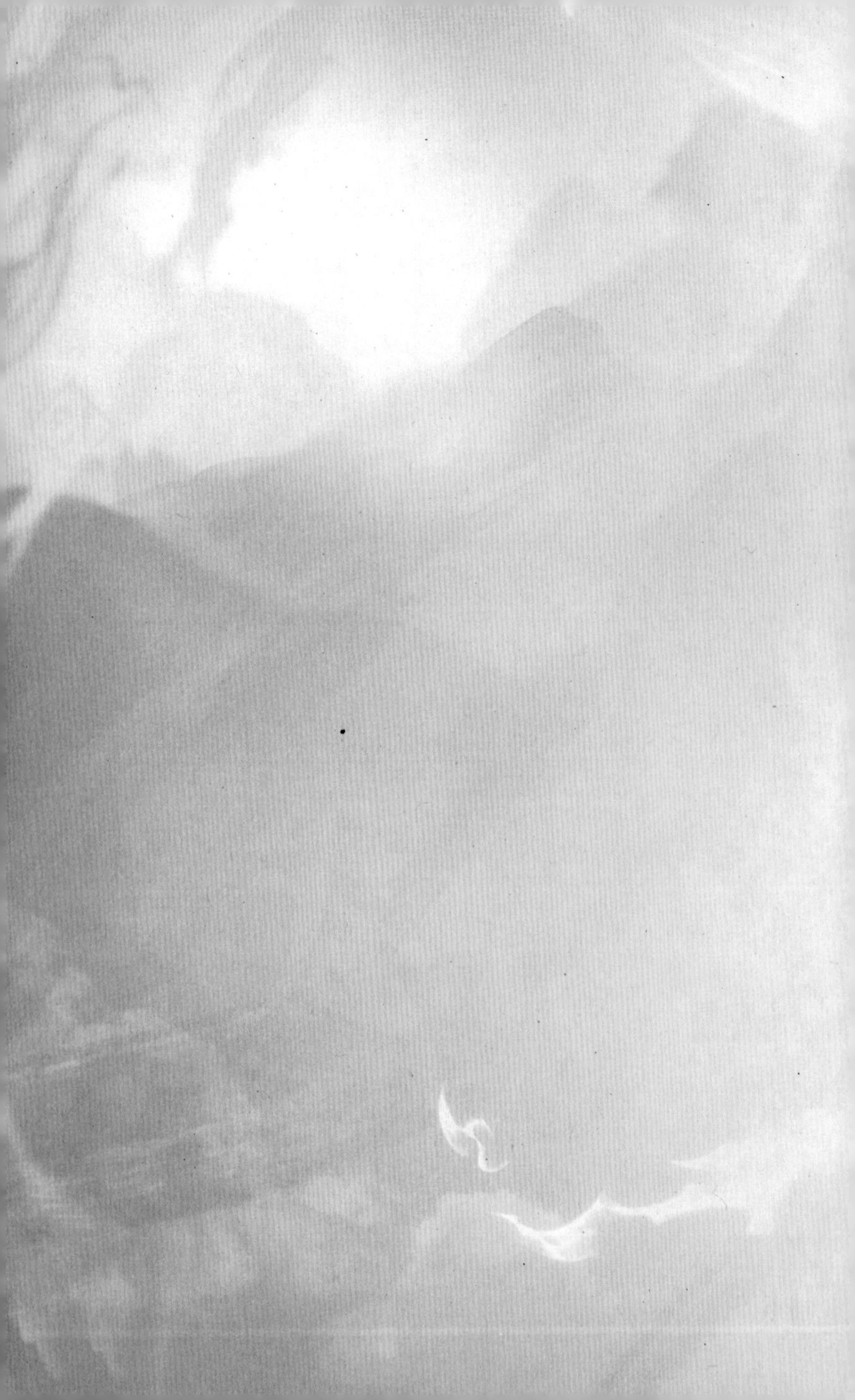

# 차례

# 제103장 끝을 향해서

당민후가 씨익 웃었다.

몸은 회복되지 않았고, 거기다 지친 상태였으나 그는 독제였다.

더욱이 이곳은 그의 앞마당이나 마찬가지였다.

그런데 부상을 당했다고 뒤에 물러나 있을 수는 없었다.

"그럼 저는 마불에게 가겠습니다."

"이따 봅세."

"예."

남은 대화는 나중에 하겠다는 듯이 당민후는 청성파와 아미파 장문인과 함께 몸을 날렸다.

주변에 걸리적거리는 이들은 없었기에 세 사람은 순식간

에 혈불과 각현의 전장에 합류했다.
그러자 균형이 무너졌다.
단 세 명의 합류였으나 그 세 명이 하나같이 백도무림을 대표하는 고수들이었기에 무쌍의 신위를 보여 주던 혈불이 처음으로 물러났다.
“녀석들도 잘 싸우고 있군.”
유하성의 시선이 이춘상과 현광에게로 향했다.
각자 십이대승을 상대로 싸우고 있었는데 그간 노력한 성과를 보여 주듯 밀리기는커녕 오히려 밀어붙이고 있었다.
거기까지 확인한 유하성은 곧장 마불 쪽으로 몸을 날렸다.

쾅! 꽈광!
마불의 얼굴은 잔뜩 일그러져 있었다.
답답한 마음이 얼굴에 고스란히 떠올라 있었던 것이다.
처음에는 삼제(三帝) 중 두 명을 상대한다는 사실에 엄청난 쾌감을 느꼈으나 그건 오래가지 않았다.
괜히 천하십대고수가 아니라는 듯이 두 사람의 무위는 그가 만만하게 볼 정도가 아니었다.
원래 상대했던 아미파의 장문인과는 말 그대로 격이 달랐다.

한 명 한 명은 그보다 살짝 부족했으나 두 명이 협공하자 제아무리 마불이라도 긴장할 수밖에 없었다.

"젠장!"

거기에 무당파의 장문인인 무율까지 가세하자 마불의 손발은 더 어지러웠다.

사실 마불의 진정한 힘은 마안(魔眼)이었다.

그보다 수준이 낮거나 심력이 약한 이들은 절대 그의 마안에서 벗어나지 못했다.

한데 세 명은 두 눈을 감는 것으로 그의 마안에서 벗어났다.

쌔애액!

그런데도 셋 다 귀신처럼 그를 정확히 노렸다.

눈을 감고 있다는 게 믿기지 않을 정도로 말이다.

세 명 모두 검객이라서 그런 건지 정말 귀신같이 합이 척척 맞았다.

'일단 한 명이라도 죽여야 해. 균형을 무너뜨려야 한다.'

마불이 입술을 깨물었다.

열세인 건 맞지만 아직 치명타는 맞지 않고 있었다.

원래부터 경신술로는 삼불 중에 가장 뛰어나기도 했고 제아무리 감각이 예민하다고 하더라도 사람인 이상 시각이 차지하는 비중은 높을 수밖에 없었다.

더욱이 화산무제와 검제, 무당파의 장문인씩이나 되는 이들이 서로 합공을 해 보았을까.

'균형만 무너뜨리면 전세를 뒤집을 수 있다.'

지난번 전투와는 다르게 마불의 가슴속에서 초조함이 떠올랐다.

두 눈을 질끈 감은 셋과 달리 그는 주변을 둘러볼 수 있었다.

그렇기에 보였다.

십이대승이 쓰러지고 괴불이 핏덩어리에게 죽은 걸 말이다.

스스슥!

심지어 그 애송이가 이쪽으로 오고 있었다.

그를 정확히 노려보면서 말이다.

보아하니 몸 상태가 썩 좋지는 않아 보였으나 다른 이도 아니고 괴불을 죽인 녀석이었다.

지금도 불리한데 핏덩이까지 합류하면 그로서는 더 힘들어질 수밖에 없었다.

'아니지. 오히려 기회가 될 수도.'

그때 마불의 뇌리가 번뜩였다.

한 명에서 두 명으로 늘어난다고 해서 꼭 전투력이 두 배가 되는 건 아니었다.

오히려 손발이 맞지 않으면 혼자 싸울 때보다 못한 경우가 훨씬 더 많았다.

더욱이 아직 경험이 일천한 애송이라면 도움이 되기보다는 방해가 될 가능성이 컸다.

'저놈으로 균열을 만든다. 그리고 하나씩 처리한다.'

마불의 입가에 비릿한 살소(殺笑)가 맺혔다.

핏덩어리의 가세를 전화위복으로 삼으려는 것이었다.

그래서 그는 마안을 극성으로 일으켰다.

단숨에 애송이의 심혼을 휘어잡을 생각이었다.

'아마 무당일학이 가장 먼저 당하겠지.'

마불의 입술이 비틀렸다.

무당파의 장문인도 사람이었다.

그런 만큼 사제가 눈이 돌아가 달려들면 흔들릴 수밖에 없었다.

그사이 마불은 검제와 화산무제를 처리하면 되었다.

'화산파의 제자와 남궁세가주의 아들이 와 주면 금상첨화일 텐데.'

여기서 딱 두 명만 와 주면 손대지 않고 코를 푸는 것도 가능할 듯싶었다.

하지만 그렇게 될 가능성은 희박했다.

그런데 그 순간 수십, 수백 개의 손바닥이 떠올랐다.

애송이의 손에서 검해를 닮은 장해가 펼쳐진 것이었다.

"응?"

순식간에 전방을 가려 버리는 어마어마한 숫자의 장강에

마불이 두 눈을 껌뻑였다.

생전 처음 보는 장해에 당황한 것이었다.

츠츠츠츠!

거기에 천강이 이십사수매화검법을 극성으로 펼쳤다.

백랑성주에게 날렸던 초식을 다시 한번 시전한 것이었다.

웅웅웅!

그뿐만 아니라 남궁수도 제왕검형을 전력으로 펼쳤다.

유하성을 시작으로 각자 한 방향씩 맡으며 벽을 세운 것이었다.

후우우웅!

마지막으로 무율이 태극혜검으로 하나 남은 빈틈을 메웠다.

사방을 전부 다 틀어막은 것이었다.

"이익!"

톱니바퀴처럼 아귀가 딱 맞아떨어져 물샐틈없이 공간을 완벽하게 틀어막는 광경에 마불이 얼굴을 있는 대로 찡그렸다.

무엇을 노리고 저렇게 벽을 쌓는지 너무나 잘 알아서였다.

자연스럽게 그와 눈이 마주치는 걸 차단하면서 공격까지 할 수 있었다.

그러나 다행스럽게도 틈이 없는 건 아니었다.

파아앗!

유일하게 열려 있는 공간인 허공을 향해 마불이 몸을 날렸다.

일부러 빠져나갈 틈을 남겨 둔 걸 마불도 알았지만 지금은 방법이 없었다.

조금이라도 기회를 만들기 위해서는 어느 정도의 위험을 감수해야 했다.

그리고 허공이라고 해서 운신이 꼭 어려운 것은 아니었다.

스슥!

그 역시 허공답보를 펼칠 수 있었다.

내공 소모가 상당하나 그렇다고 부담을 느낄 정도는 아니었다.

'이런 식으로 나온다면 나 역시 똑같이 해 주마!'

개싸움은 마불도 익숙했다.

삼불이라 불리기 전까지, 어느 정도 악명을 쌓기 전까지는 정말 개처럼 싸우며 살아남은 게 마불이었다.

이제는 나이도 있기에 체면을 따졌지만 저쪽에서 치졸하게 나오는데 굳이 점잖게 싸울 필요는 없었다.

더구나 개싸움은 누가 뭐래도 그가 유리했다.

쌔애애액!

그런데 그때 아래에서 섬뜩한 파공성이 들려왔다.

네 개의 벽이 그를 가린 사이 또 다른 두 명이 합류한 것이었다.

바로 점창파와 종남파의 장문인이었다.

마불이 허공으로 솟구친 순간 두 장문인이 기다렸다는 듯이 검을 뿌렸다.

"흥!"

그러나 천강이나 남궁수에 비하면 한 수 떨어지는 게 두 사람이었다.

화산무제와 검제의 협공도 버텨 냈던 그에게 두 장문인의 공격은 딱히 위협적이지 않았다.

더욱이 두 눈을 질끈 감고 펼치는 만큼 정확도도 떨어졌다.

푸욱!

"그 대단한 마안도 등 뒤까지 보지는 못하는 모양이야."

"커헉!"

양손으로 대수인을 뿌려 종남파와 점창파 장문인들의 검격을 튕겨 낸 마불의 몸이 활처럼 휘었다.

작살에 꿰인 물고기처럼 펄떡거렸던 것이다.

그런 그의 등 뒤에는 심홍이 있었다.

"중원을 침략할 마음을 먹었으면 죽을 각오도 당연히 했겠지? 그러니 억울하지는 않을 거야."

나지연에게 말하는 것과는 전혀 다른 차가운 목소리로 심홍이 검을 비틀었다.

등에서부터 파고든 검으로 단전을 찢고 심맥을 헤집는 것이었다.

그러고도 모자라 심홍은 바닥에 착지하면서 검을 뽑아 마불의 목을 베었다.

털썩.

서장을 넘어 중원에서도 무시무시한 악명을 떨었던 마불의 몸뚱이가 힘없이 바닥으로 쓰러졌다.

잘린 머리는 여전히 두 눈을 부릅뜬 채였다.

스스로의 죽음이 믿어지지 않는다는 듯이 말이다.

"늦지 않았구먼."

"뭐 빠지게 뛰어왔어. 그러니까 고마워하도록 해."

"당연히 고맙지. 자존심도 굽혀 줬는데."

천강이 평소의 그답지 않게 순순히 고개를 끄덕였다.

어떤 마음가짐으로 심홍이 참전했는지 모르지 않아서였다.

"널 위해서만은 아니야. 본 문을 위해서지."

"여전히 쌀쌀맞네."

"너에게만 그러는 거야."

"내가 뭐 잘못한 게 있나?"

명천이나 취선에게 대하는 것과는 미묘하게 다른 느낌에 천강이 고개를 갸웃거렸다.

그러나 아무리 생각해 봐도 잘못한 건 떠오르지 않았다.

"글쎄."

그래서 말해 달라는 듯이 심홍을 쳐다봤지만 그녀는 쉽게 대답해 주지 않았다.

대신 고개를 돌려 가장 중요한 격전이 치러지는 장소를 봤다.

바로 혈불이 있는 곳이었다.

꽈과과광!

각현과 백팔나한진에 이어 당민후와 아미파, 청성파의 장문인이 가세했음에도 혈불은 여전히 무지막지한 신위를 펼쳐 보이고 있었다.

제자들과 함께 협공을 막아 내는 모습에 심홍이 기가 질린 표정을 지었다.

맹폭을 가하는 건 분명 각현을 비롯한 백도무림 쪽이었다.

그러나 성과가 전혀 없었다.

퍼퍼퍼펑!

혈불을 감싸고 있는 불상에 조금의 타격도 입히지 못했다.

오히려 악귀와도 같은 표정의 불상이 휘두르는 여섯 개의 팔에 각현은 물론이고 당민후도 피하기 급급했다.

그 정도로 혈불의 힘은 압도적이었다.

"……미쳤네."

심홍의 얼굴에 충격과 공포가 서렸다.

젊은 시절 절대 넘지 못할 벽으로 느껴졌던 각현이 지금은 너무나 보잘것없게 느껴졌다.

마치 어른과 어린아이의 싸움처럼 보일 정도로 혈불은 막강했다.

특히 별호처럼 핏빛으로 이루어져 있는 거대한 불상은 부처가 아니라 지옥의 악귀처럼 보였다.

"뭐 하고 있어? 안 갈 거야?"

"가야지."

"저도 가겠습니다."

천강의 말에 남궁수도 나섰다.

그 뒤로 백도무림의 기둥이라 할 수 있는 이들이 전부 나섰다.

각현과 당민후 등등에게만 맡겨서는 결판이 나지 않을 것 같아서였다.

동시에 서장무림의 수준이 얼마나 높아졌는지도 느꼈다.

"저도 합류하겠소이다."

"감사하외다."

마지막으로 해남파의 문주도 입을 열었다.

귀단문의 장로 한 명을 처치하고서 뒤늦게 도착한 것이었다.

이윽고 수뇌부가 일제히 혈불이 서 있는 곳으로 달려갔다.

"미쳤네. 저게 인간이야?"

"그러게."

한편 유하성의 곁으로 이춘상과 현광이 착지했다.

둘 다 치열한 격전을 치렀다는 듯이 온몸이 피투성이였다.

대부분은 적들의 피였으나 군데군데 상처가 있었다.

다행히 치명상은 아니지만 내외상이 적지는 않았다.

"서장무림이 언제 저 정도로 수준이 높아진 거지?"

"그거 서장무림을 무시하는 발언이야."

"솔직히 틀린 말은 아니잖아?"

한층 더 누더기가 된 옷으로 얼굴에 묻은 피를 닦아 내며 이춘상이 말했다.

사실 이제는 버리고 새 옷을 입어야 할 판이지만 정작 이춘상은 누더기를 버릴 생각이 없었다.

"시간은 모두에게 공평해. 그리고 서장무림은 늘 중원에 대한 야심을 품어 왔어. 중원무림이 발전하는 만큼 서장무림도 발전한 게 이상한 일만은 아니지."

"무슨 말인지는 알겠는데 지금 중요한 건 저 혈불을 쓰러뜨려야 중원에 평화를 가져올 수 있다는 거야. 저자를 이 자리에서 잡지 못하면 우리는 끝이야."

"으음!"

현광이 침음을 흘렸다.

서장무림을 인정하는 건 인정하는 거고, 현실은 현실이었다.

이춘상의 말대로 지금 중요한 건 혈불을 쓰러뜨리는 것이었다.

만약 혈불을 쓰러뜨리지 못한다면 중원무림의 미래는 없었다.

“저렇게 협공하는 일은 마교주를 상대할 때나 있을 줄 알았는데…….”

“그래도 다행인 건 혈불 말고는 우리가 우세하다는 거야. 그러니까 이렇게 대화를 하고 있지.”

유하성의 시선이 주변을 훑었다.

보타문과 해남파의 등장으로 분위기는 완전히 이쪽으로 넘어왔다.

거기다 혈뇌음사에서 최고수라 할 수 있는 마불과 괴불이 죽었다.

때문에 혈뇌음사는 물론이고 하오문과 귀단문도 빠르게 무너지는 중이었다.

“모두 여기 있으셨네요.”

세 사람의 귓가로 낭랑한 목소리가 들려왔다.

동시에 백의무복을 입은 한 여인이 세 남자의 옆에 내려섰다.

원래는 깨끗했을 백의무복 곳곳에 선홍색 핏자국이 묻어 있었으나 유하성의 시선은 얼굴에서 움직이지 않았다.

“나 소저.”

"오랜만이죠?"

유하성과 눈이 마주친 나지연이 씨익 웃었다.

누가 봐도 방금 전까지 격전을 치른 모습으로 말이다.

"와 줘서 고마워요, 나 소저."

"별말씀을요. 저 역시 중원의 무인인데요. 처음 뵙겠습니다. 보타문의 나지연이라고 해요."

"얘기는 많이 들었습니다. 화산의 현광입니다."

나지연이 예의 바르게 포권을 했다.

초면이기에 정중하게 인사를 주고받았던 것이다.

그러면서 그녀는 눈을 반짝였다.

이춘상에 버금가는 천재가 현광이었기에 나지연은 눈을 반짝거렸다.

콰아앙! 꽈앙!

그러는 사이에도 여전히 곳곳에서는 격전이 치러지고 있었다.

밀리고 있긴 해도 하오문과 귀단문은 포기하지 않았다.

여기에서 지면 정말 끝이라는 걸 잘 알고 있어서였다.

그리고 혈불이 백도무림의 수뇌부를 전부 쓰러뜨린다면 충분히 이 상황을 뒤집을 수 있었다.

'그게 쉬워 보이지는 않지만.'

괜히 하오문과 귀단문이 고전하는 게 아니었다.

개인의 무력은 다른 장문인들이나 가주들에 비해 부족할

지 모르나 대신 지금과 같은 대규모 전쟁에서는 누구보다 빛이 나는 존재가 제갈민이었다.

더욱이 사 년 전 번천회와의 대회전을 승리로 이끈 게 바로 그였다.

원래부터 뛰어난 능력에 경험까지 쌓였으니 하오문과 귀단문이 애를 먹는 것도 이상하지는 않았다.

스윽.

제갈민의 지휘하에 전선을 유지하거나 혹은 밀어붙이는 무당파 제자들을 한차례 둘러본 유하성은 다시 고개를 돌렸다.

굉음과 폭발이 난무하는 혈불에게로 시선을 옮겼던 것이다.

천강과 남궁수, 심홍, 해남파를 비롯하여 구대문파의 수장들이 전부 가세했음에도 불구하고 혈불은 건재했다.

여전히 제자리를 굳건히 지키며 파상공세를 완벽하게 막아 내고 있었다.

"크흡!"

"헉!"

오히려 간간이 쇄도하는 반격에 몇몇 수장들이 대경실색하며 물러났다.

협공을 하고 있었음에도 크게 도움이 되지 않았던 것이다.

아니, 정확하게는 각현이나 천강, 남궁수 정도를 제외하면 혈불의 불상에 흠집도 내지 못했다.

아무리 강기를 쏟아 내고 강환을 뿌려도 아수라의 얼굴을 닮은 불상은 꿈쩍도 하지 않았다.

"그래도 두들기면 열릴 거야."

"맞아. 진짜 부처가 아닌 이상 내공이 무한하지는 않을 테니까."

"그렇다면 사람이 아니지."

말은 이렇게 하지만 이춘상이나 현광 모두 표정이 좋지 않았다.

공격하는 쪽은 백도무림이고 막아 내는 건 혈불이지만 여유로운 것 또한 혈불이었다.

말도 안 되는 협공을 받아 내면서도 혈불의 입가에는 여유로운 미소가 맺혀 있었다.

"어검술이다."

"역시 보타문주님!"

그때 세 개의 검이 허공을 맹렬한 기세로 갈랐다.

바로 심홍과 천강, 남궁수가 어검술을 펼친 것이었다.

하지만 안타깝게도 세 자루의 검은 혈불의 불상 근처에도 가지 못했다.

불상의 여섯 개의 팔 중 세 개가 검을 튕겨 내서였다.

"다수로 협공하는 건 의미가 없어 보여요."

그 모습에 나지연이 냉정하게 말했다.

다른 이들의 노력을 비하하려는 게 아니라 실제로 아무런 타격을 주지 못하고 있었다.

"정공법이 안 되면 다른 방법을 써야죠."

"어떡하게?"

"승부가 안 난 건 저쪽도 마찬가지잖아?"

"음."

이춘상의 눈짓에 현광이 미간을 좁혔다.

무슨 말인지 단박에 파악한 것이었다.

그러고는 이내 이춘상과 눈빛을 교환했다.

"우리는 우리의 일을 하마. 너는 대기하고 있어."

"저는요?"

현광과 눈빛으로 대화를 나눈 이춘상이 유하성을 쳐다보며 입을 열자 나지연이 눈을 빛냈다.

자기도 무언가 하고 싶어서였다.

이왕이면 혈불을 쓰러뜨리는 일을 말이다.

"나 소저도 저희랑 함께 가시죠. 제자들이 죽어 나가면 제아무리 혈불이라도 흔들리지 않을 수 없을 겁니다."

"비겁하다고 생각하시면 이곳에 계셔도 됩니다."

이춘상만 나쁜 놈으로 만들지 않겠다는 듯이 현광이 입을 열었다.

누구보다 광명정대해야 할 화산파의 제자였으나 현광의 표정과 눈빛에는 일말의 망설임이 없었다.

중원무림과 사문을 지키기 위해서라면 똥통 속이라도 들어가겠다는 각오가 얼굴에서 여실히 드러났다.

그리고 그건 나지연 역시 마찬가지였다.

"저도 가겠어요. 보타문이 이 먼 사천성까지 온 건 중원을 수호하기 위해서니까요."

"큰 결단을 내려 주셔서 감사합니다."

"별말씀을요. 저도 중원인이랍니다."

고개를 꾸벅 숙이는 현광의 모습에 나지연에 고개를 저었다.

속으로는 참 고지식한 사람이라고 생각하면서 말이다.

"넌 내상약을 먹으면서 대기하고 있어. 위험하다 싶으면 지원하고."

"그래. 너도 조심해라."

"너보다는 못하지만 나도 나름 고수다. 십이대승도 잡았는데 혈불의 제자 정도야. 걱정 마라. 절대 너보다 먼저 죽지 않을 테니까."

이춘상이 특유의 능청스러운 미소를 머금고서 대답했다.

그러고는 현광, 나지연과 함께 백팔나한진을 공격하는 혈불의 제자들에게 몸을 날렸다.

스윽.

지치기는 했으나 이춘상과 현광, 나지연은 강했다.

그렇기에 유하성은 이내 고개를 돌려 혈불을 주시했다.

언제라도 달려들 수 있도록 준비하고서 말이다.

'강해.'

무림에서 내로라하는 강자들이 전부 모였음에도 혈불은 조금도 힘든 기색 없이 완벽하게 막아 내고 있었다.

아니, 정확하게는 오히려 몰아붙이고 있었다.

분명 사방에서 몰아치는 건 백도무림이었으나 위협적인 공격을 펼치는 건 혈불이었다.

특히 형태만 불상일 뿐 아수라상이라고 해도 과언이 아닐 정도로 핏빛 강기와 살기를 뿌려 대는 불상이 가장 큰 문제였다.

'저걸 부수지 못하면 혈불도 잡을 수 없어.'

호신강기는 아니지만 핏빛 불상은 호신강기 이상의 방어력을 지니고 있었다.

어검술조차 튕겨 내는 모습에 유하성은 질린 표정을 지었다.

그러면서 묘하게 과거 귀단문주와 비슷하다는 생각이 들었다.

무공도 다르고 초식도 다른데 말이다.

'귀단문주가 정제되지 않은 공력을 마구잡이로 휘둘렀다면 혈불은 정순하고 세밀해.'

정순하다는 의미가 백도의 무공처럼 정심하다는 뜻은 아니었다.

사기(邪氣)의 순도가 높다는 뜻이었다.

게다가 초식을 펼치는 숙련도가 격이 달랐다.

제대로 형태도 이루지 못하고 무작정 강기를 발산하던 귀단문주와 달리 혈불은 여섯 개의 팔을 완벽하게 통제했다.

그뿐만 아니라 여섯 개의 손에서 뿌려지는 강기들도 전부 제어했다.

유하성은 그게 감탄스러웠다.

'형(形)과 식(式)이 완벽해. 거기다 깊기까지 해.'

유하성의 눈에 불상의 팔과 부딪치자마자 산산조각 나는 공동파 장문인의 검강이 보였다.

그 역시 구파일방의 한 곳인 공동파의 수장이자 최고수였으나 불상의 팔에는 생채기조차 내지 못했다.

오히려 때린 건 그인데 박살 나는 것도 공동파 장문인의 검강이었다.

그것이 알려 주는 바는 명백했다.

'수준 차이가 극심하다는 것.'

유하성이 날카로운 눈으로 혈불을 주시했다.

포위된 상태임에도 혈불은 움직이지 않았다.

고고하게 제자리에 서서 모든 공격을 받아 냈다.

심지어 손가락도 꼼짝하지 않았다.

'이기어검의 경지나 마찬가지다.'

그저 가만히 서서 전방을 지켜보기만 했는데도 그 어떤 공

격도 성공하지 못했다.

무수히 쏟아지는 공격을 여섯 개의 팔로 완벽하게 막아 냈던 것이다.

그 모습에 각현을 비롯한 수장들은 방법을 바꿨다.

이대로는 제자리걸음밖에는 되지 않았기에 다들 승부수를 띄웠다.

파아아앗!

그 시작은 역시나 각현이었다.

지금까지 혈불을 상대하느라 지칠 대로 지쳤을 텐데도 각현은 이를 악물고서 남아 있는 힘을 모조리 끌어올렸다.

혼자라면 단번에 모든 걸 쏟아붓는 무모한 공격을 하지 않겠지만 지금 이 자리에는 그뿐만 아니라 화산무제, 독제, 검제를 비롯하여 백도무림을 대표하는 수장들이 모여 있었다.

그렇기에 각현은 뒤를 걱정하지 않고서 불광대승신공(佛光大乘神功)을 극성으로 펼쳤다.

"차합!"

찬란하다 못해 성스러운 황금빛을 휘감고서 각현이 달려들었다.

항마와 파사의 기운이 서린 불광대승신공이라면 제아무리 혈불이라도 타격을 입을 수밖에 없을 거라고 생각해서였다.

그리고 각현은 욕심을 품지 않았다.

그의 목표는 더도 말고 덜도 말고 딱 하나, 불상의 팔 하나였다.

키이잉!

밀어 내기 위해 손바닥을 활짝 펼치고서 접근하는 거대한 불상의 손에 각현은 몸을 날렸다.

단순무식하게 몸을 부딪힌 것이다.

그런데 역시나 파사(破邪)의 기운을 가지고 있어서인지 지금까지와는 다른 소리가 들렸다.

미세한 파열음이 들리자 각현은 불광대승신공을 가일층 끌어올렸다.

"아미타불!"

거기에 아미파 장문인도 합세했다.

무상금광신공(無想金光神功)을 극성으로 일으키고서 각현과 마찬가지로 불상의 팔 하나를 향해 달려들었다.

"차합!"

거기에 심홍까지 가세했다.

보타문 역시 불문이었기에 문주지공을 극성으로 일으켜 두 사람과 마찬가지로 불상의 팔을 향해 몸을 달렸다.

빠직. 빠지직.

혼신의 힘을 다한 세 사람의 공격에 지금껏 금도 가지 않았던 불상의 팔에 균열이 갔다.

비록 눈에 거의 보이지 않는 미세한 균열이었으나 중요한 건 처음으로 잔금이 갔다는 사실이었다.

그렇기에 천강은 기다렸다는 듯이 검을 날렸다.

팔 세 개가 붙들려 있는 이 틈을 놓치지 않으려는 것이었다.

"저도 갑니다!"

"저 역시 힘을 보태겠습니다!"

천강이 남은 세 개의 팔 중 하나를 향해 어검술을 펼치자 남궁수와 모용세가주도 검을 날렸다.

지금이 기회라는 걸 모두 본능적으로 느낀 것이었다.

소림사와 아미파, 보타문처럼 항마력이나 파사력은 없으나 그래도 붙들어 놓는 것 정도는 가능했다.

"어디 내 독혈도 견뎌 내는지 볼까!"

"하압!"

여섯 개의 팔이 모두 붙들리거나 멈칫한 순간 당민후가 몸을 날렸다.

그러고는 아끼고 아껴 두었던 독혈을 다시 한번 뿌렸다.

뿌릴 수 있는 피가 한정적이기에 당민후는 정확히 혈불이 서 있는 곳에 독혈을 흩뿌렸다.

거기에 무율을 비롯해서 모용세가주, 하북팽가주, 공동파, 종남파, 점창파, 청성파, 곤륜파의 장문인들이 사력을 다해 공격했다.

콰콰콰쾅!

간절한 마음이 닿았던 걸까.

아니면 계속해서 이어진 싸움에 지친 건지 모두의 공격에 불상에 금이 갔다.

결국 파상공세를 버티지 못하고 균열이 간 것이었다.

"감히!"

그리고 그 안에서 혈불이 드디어 뛰쳐나왔다.

제자리에서 꼼짝도 하지 않고 있던 혈불이 처음으로 움직이며 일장을 내질렀다.

퍼퍼퍼펑!

혈불의 장심에서 뻗어 나온 대수인이 순식간에 대여섯 명을 날려 버렸다.

불상을 파괴하느라 힘이 빠진 수장들을 무참히 튕겨 냈던 것이다.

"커헉!"

"크아악!"

가까스로 막아 내기는 했으나 딱 거기까지였다.

공동파와 점창파, 청성파의 장문인이 입에서 피를 토해 내며 볼썽사납게 바닥을 굴렀다.

"네놈들도 똑같은 꼴로 만들어 주마!"

"흥!"

처음으로 육성을 터트리는 혈불의 모습에 남궁수가 콧방귀를 뀌었다.

조금도 두렵지 않다는 듯이 응대했던 것이다.

하지만 무시무시한 혈불의 기도에 그의 몸은 미세하게 떨리고 있었다.

모든 힘을 쏟아부어 공격했기에 더는 싸울 힘이 남아 있지 않았다.

"모가지가 비틀리고도 그딴 눈빛을 보낼 수 있을지 궁금하구나!"

쐐애액!

세 명의 장문인을 날려 버렸던 대수인이 순식간에 남궁수의 면전으로 쇄도했다.

그걸 막고자 각현과 심홍, 아미파의 장문인이 이를 악물고서 땅을 박차려고 했으나 안타깝게도 몸이 따라 주지 않았다.

노쇠한 몸이 발목을 붙잡은 것이었다.

"남궁가주!"

그리고 그건 다른 이들도 마찬가지였다.

내공은 물론이고 체력도 바닥난 상태였기에 누구 하나 빠르게 움직이지 못했다.

한데 그때 푸른빛 그림자가 남궁수의 앞에 내려서며 두 팔을 크게 휘저었다.

쩌어어엉!

혈불의 대수인이 푸른빛으로 넘실거리는 태극에 막혔다.

구대문파 장문인 셋을 날려 버렸던 대수인을 정체불명의

사내가 막아 냈던 것이다.

심지어 조금도 밀리지 않았다.

“자네는?”

충돌과 함께 흙먼지가 솟구쳤다.

하지만 남궁수의 눈에는 보였다.

너무나 익숙한 뒷모습이 말이다.

“여기부터는 제가 맡겠습니다. 숨을 고르고 계십시오.”

“혼자서는 무리네!”

다시 한번 쇄도하는 시뻘건 대수인에 남궁수가 다급하게 소리쳤다.

실력을 모르는 건 아니나 혼자서 혈불을 상대하는 건 계란으로 바위를 치는 것이나 마찬가지였다.

괴불을 죽였다는 걸 알지만 혈불은 괴불보다 훨씬 더 괴물이었다.

“가주님 덕분에 다행히 혼자 싸우지는 않아도 될 것 같습니다.”

“우리도 있다! 심지어 선물도 가져왔지!”

이 긴박한 상황에서도 입을 멈추지 않는 이춘상의 고성에 남궁수가 순간적으로 헛웃음을 흘렸다.

생사가 오고 가는 이 상황에서 저렇게 대놓고 나불거릴 줄은 몰라서였다.

근데 더 웃긴 건 이춘상의 강룡십팔장이 혈불의 대수인을 밀어 냈다는 점이었다.

콰아앙!

유하성 역시 그걸 알고 제자리에서 꼼짝도 하지 않았다.

밀리지 않았더라도 막을 자신이 있었고.

데구르르.

"이……! 이……!"

혈불의 두 눈에 핏발이 섰다.

목이 잘리거나 강제로 뜯긴 제자들의 수급에 혈불의 얼굴이 흉신악살처럼 일그러졌다.

"내 선물이 마음에 드나 봐?"

"갈가리 찢어 죽여 주마!"

"어이구. 노괴가 목청도 좋다. 나이가 이 갑자 가까이 되는 걸로 아는데 아직도 목소리가 살아 있네."

"이노옴!"

"나 어디 안 가니까 소리 그렇게 안 질러도 되오."

쌔애애액!

극도로 흥분한 혈불이 다시금 대수인을 뿌렸다.

그것도 하나가 아니라 두 개를 동시에 날렸다.

말한 대로 이춘상을 붙잡아서 찢어 죽일 기세로 말이다.

하지만 정면승부는 힘들어도 경신술은 자신이 있었기에 이춘상은 만리추풍신법(萬里追風身法)을 극성으로 펼쳤다.

"읏차!"

섬뜩한 파공성과 함께 쇄도하는 두 개의 대수인을 본 이춘상은 뒤도 돌아보지 않고 도망쳤다.

애초에 그는 정면으로 혈불과 싸울 생각이 없었다.

상대가 안 되는 걸 아는데 달려드는 건 만용이었다.

그리고 이춘상이 맡은 역할은 딱 여기까지였다.

쩌어엉!

이춘상을 향해 벼락같이 날아온 대수인을 이번에도 유하성이 비틀었다.

그를 노리고서 날아온 게 아니기에 방향만 살짝 틀어 흘려보낸 것이었다.

한데 그 모습을 본 무율이 두 눈을 크게 떴다.

당민후와 마찬가지로 무율 역시 유하성의 움직임에서 하나의 무공을 떠올린 것이었다.

츠츠츠츠!

하지만 그 생각은 더 이상 이어지지 않았다.

유하성이 두 번째 대수인을 비틀어서 흘려 낸 순간 혈불의 등 뒤에서 두 명이 솟구쳤다.

사각에서 현광과 나지연이 검신합일을 이룬 것처럼 맹렬하게 파고들었다.

"애송이들이 감히!"

사각을 노린 기습과도 같은 공격이었으나 혈불은 당황하지 않았다.

나이가 나이인 만큼 지치기는 했어도 감각은 여전히 날카로웠다.

때문에 쇄도하는 두 사람을 맨손으로 튕겨 냈다.

"크!"

"흐읍!"

강기도 서려 있지 않은 맨손이었으나 현광과 나지연이 받은 충격은 상당했다.

검이 부러지지 않을까 걱정될 정도로 강력한 쌍장에 두 사람이 비틀거리며 주춤주춤 물러났다.

"차합!"

그런데 그때 힘찬 기합성과 함께 거대한 검강이 허공에서 떨어져 내렸다.

이춘상이 준비한 게 하나 더 있었던 것이다.

바로 심홍과 함께 온 해남파의 문주였다.

문도들의 도움을 받아 하늘 높이 솟구쳤던 그는 검과 혼연일체가 되어 혈불의 정수리를 노리고서 떨어져 내렸다.

"어림없……!"

한 줄기 벼락처럼 떨어졌으나 혈불이 반응하지 못할 정도는 아니었다.

그러나 혈불은 하늘을 향해 손을 뻗지 못했다.

유하성과 이춘상, 현광과 나지연이 혈불을 상대하는 사이 어느 정도 체력과 공력을 회복한 각현과 심홍이 그의 양팔을 붙들었다.

아까와 달리 빛이 약해지기는 했으나 전신에 금광을 휘감고서 말이다.

푸욱!

거기에 천강이 혈불의 허벅지에 검을 꽂아 넣었다.

노장은 죽지 않는다는 듯이 창백한 얼굴로 마지막 일격을 박았다.

쑤우욱!

순식간에 세 명에게 붙들린 혈불의 어깨에 해남파 문주의 검이 꽂혔다.

그러고는 그대로 갈라 버렸다.

"이, 이렇게 죽을 수는……!"

어깨서부터 몸이 절단된 혈불이 믿을 수 없다는 표정으로 중얼거렸다.

지금의 상황이 믿기지 않는다는 듯이 말이다.

하지만 그의 몸은 돌이킬 수 없는 상태였다.

어깨에 박힌 검은 그의 심장은 물론이고 단전도 함께 찢어 버렸기에 혈불은 침통한 얼굴로 몸을 떨었다.

"헛된 욕심의 끝은 죽음밖에 없소이다."

"닥쳐라! 약해 빠진 주제에 감히 본좌를 가르치려 하지 마라!"

"거참 말 많네."

마지막 순간까지 예의를 차리는 각현과 달리 천강은 허벅지에 박혀 있던 검을 뽑아 목을 잘랐다.

더 이상 혈불의 망언을 들어 줄 필요는 없다고 생각해서였다.

털썩!

"……끝났네."

"그러게. 어찌어찌 이기긴 했네."

"꼴이 말이 아니지만."

"중요한 건 이겼다는 거지. 우린 살았고, 혈불은 죽었어. 이것만 생각하자고."

천강이 바닥에 드러누웠다.

이제는 서 있을 힘도 남아 있지 않아서였다.

그리고 그건 심홍도 마찬가지였다.

체면도 잊은 채 심홍은 바닥에 쓰러져서는 피를 토했다.

"사부님!"

"괜찮아. 내상을 좀 입어서 그래. 며칠 쉬면 낫는 정도야."

"일단 요상약부터 드세요."

피를 토하는 심홍의 모습에 나지연이 대경실색하며 달려왔다.

혹시나 큰 상처를 입은 건 아닐까 걱정되어서였다.

"적들이 물러난다!"

"하오문과 귀단문이 도망친다!"

그때 멀리서 제갈세가의 무사들이 소리쳤다.

혈불이 죽었다는 걸 귀신같이 알아차린 하오문과 귀단문이 도망치는 걸 알리기 위해서였다.

"아무래도 우리가 가야겠지?"

"여력이 있는 건 우리뿐이니까. 회복 속도도 훨씬 더 빠르고."

"제갈세가주께서 싹 다 잡아 주셨으면 좋겠는데……."

나지연이 심홍을 살피는 사이 이춘상은 현광과 함께 유하성에게 다가왔다.

그러나 표정은 울상이었다.

아무리 생각해도 추격할 사람은 여기 세 명밖에 없어서였다.

"유 사제."

"장문사형."

등 뒤에서 들려오는 무율의 목소리에 유하성이 몸을 돌렸다.

그러면서 무율의 표정을 살폈다.

한데 최악을 생각했던 것과 다르게 무율은 평소와 다를 바 없었다.

"사제가 무엇을 걱정하는지 아네. 근데 걱정할 거 없어. 무당파의 모든 무공은 태극권에서 나오지 않았나. 태극혜검 역시 마찬가지고. 오히려 축하할 일이지. 무당파를 대표

할 무공이 생긴 것이니까. 그래서 더 사제가 존경스럽기도 하고.”

“그 정도까지는 아닙니다.”

유하성이 낯간지럽다는 표정으로 고개를 저었다.

다른 이도 아니고 장문인인 무율이 이렇게 말할 줄은 몰라서였다.

사실 유하성은 최악의 상황도 생각했었다.

어쩌다 보니 만들게 되었지만 무율이나 명천의 입장에서는 태극혜검을 훔쳐 갔다고 생각할 수도 있었다.

영감과 모방은 종이 한 장 차이였다.

어떤 관점으로 보냐에 따라 의미가 전혀 달라졌기에 유하성은 내심 걱정했었는데 다행히 최악의 상황으로는 가지 않을 듯했다.

“나는 오히려 감사하다네. 사제의 무공 역시 무당의 무공 아닌가? 더욱이 태극권에서 나온 무공인데 어찌 사제를 미워하겠는가. 오히려 내가 하지 못한 일을 사제가 해 주어 어깨가 가벼워졌다네. 허허허.”

무율은 진심 어린 표정으로 유하성의 어깨를 두드려 주었다.

남들은 그가 유하성을 질투한다는 말도 안 되는 유언비어를 퍼트렸으나 실상은 전혀 달랐다.

애초에 유하성은 같은 연배도 아닐뿐더러 그 어떤 지원도 없이 홀로 지금의 위치까지 올라간 무인이었다.

나이는 어려도 존경할 수밖에 없는 무인이 유하성이었기에 무율은 진심으로 감탄하며 고마워했다.

"더 말씀하셔도 됩니다."

그래서 너털웃음을 터트리며 유하성을 칭찬하는데 옆에서 묘한 시선이 느껴졌다.

무언가 기대하는 얼굴로 이춘상이 그를 뚫어져라 쳐다봤던 것이다.

"그게 무슨 말인가?"

"무슨 말이긴. 추격하기 귀찮아서 하는 소리지."

"아."

현광이 있어서인지 천강은 노구를 이끌고 이곳으로 다가왔다.

한데 짧은 사이에 확 늙어 있었다.

그만큼 이번 전투가 힘겨웠다는 뜻이었다.

"저는 군말 없이 갈 생각이었습니다."

"취선이 왔었어야 해."

"하하하. 저도 막 출발하려고 했습니다."

이번에는 망설이지 않고 배신을 때리는 현광의 모습에 이춘상이 능글맞게 웃었다.

지금 막 출발할 생각이었다는 듯이 말이다.

그러나 눈빛에는 짙은 아쉬움이 남아 있었다.

“나머지 대화는 정리가 다 된 후에 하자고.”

“예, 장문사형.”

“뒤를 부탁하네, 사제.”

아무렇지 않은 척하고 있었으나 무율의 몸 상태도 썩 좋은 건 아니었다.

각현이나 천강, 당민후에 비해 나은 것이었지 그도 진이 빠질 대로 빠진 상태였다.

그렇기에 무율은 유하성에게 뒤를 부탁했다.

“애들 수습해서 뒤따라 보낼 테니까 무리하지 말게.”

“알겠습니다.”

“제갈세가주가 어련히 잘 추격대를 편성하겠지만, 그래도 하오문이니 확실하게 마무리를 지어야 해. 또다시 이런 일이 벌어지지 않도록.”

“명심하겠습니다.”

천강의 부탁 아닌 부탁에 유하성은 담담히 대답했다.

하지만 그것만으로도 충분한지 천강은 씨익 웃었다.

이제는 차기 천하십대고수가 아니라 현재의 천하십대고수라고 해도 과언이 아닌 게 눈앞에 있는 세 사람이었다.

때문에 천강은 제자인 현광을 비롯해서 유하성과 이춘상을 믿었다.

“다녀오겠습니다.”

“너도 조심해라.”

"예."

사제 간의 인사를 잠시 지켜보던 이춘상이 유하성을 바라봤다.

가기 싫다는 눈빛이었으나 어쩔 수 없었다.

가장 젊기도 했거니와 추적술에 일가견이 있는 게 이춘상이었다.

여러모로 적격자였기에 이춘상이 포함되는 건 당연했다.

"저도 갈게요. 여기까지 왔는데 끝을 봐야죠."

그런 이춘상과 달리 나지연은 의욕 넘치는 모습을 보였다.

사부인 심홍의 상태가 각현이나 천강보다 낫기도 했지만 다른 이들이 있었기에 나지연은 믿고 떠날 수 있었다.

"그럼 가죠. 앞장서."

"그래. 귀찮은 일은 다 내가 하는 거지?"

"네가 제일 잘해서 부탁하는 거야."

"흥흥."

이춘상이 콧방귀를 뀌었다.

그런데 유하성이 추켜세워 주자 기분은 좋은지 입가가 씰룩거렸다.

타다다닷!

하오문주가 빠르게 달리면서 주변을 살폈다.

어금니를 잔뜩 앙다문 표정으로 말이다.

누가 봐도 분한 표정이었으나 그 안에는 조급함이 가득 담겨 있었다.

설마하니 혈불을 비롯한 삼불이 이렇게 허무하게 죽을 줄은 몰랐기에 하오문주는 아랫입술을 잘근잘근 깨물었다.

'또 이렇게 도망치는 신세가 될 줄이야!'

이번만은 자신 있었다.

중원을 독차지할 수 없다면 백도무림이라도 박살 내고자 백랑성과 혈뇌음사를 끌어들였다.

천하삼분지계라 칭하면서 말이다.

그러나 결과는 또 도망자 신세였다.

'빌어먹을! 빌어먹을!'

거만하기 짝이 없는 백도무림을, 재수 없게 거들먹거리는 구파일방을 이번에야말로 발아래 둘 수 있다고 생각했었다.

하지만 그 바람은 헛된 꿈으로 끝나 버렸다.

그렇기에 하오문주는 울분을 삭이며 머리를 굴렸다.

지금은 안전하게 피신하는 게 먼저였다.

기다리고 준비하며 때를 기다려야 했다.

자신의 대에서 백도무림을 짓밟을 수 없다면, 다음을 기약해야 했다.

"귀, 귀단문이 안 보입니다."

"알아서 도망치고 있을 거야. 일단 서장에 가면 만날 수 있어."

평생을 함께한 부문주가 잔뜩 긴장한 모습으로 입을 열었다.

이렇게 도주하는 게 처음이 아닌데도 그는 지난번과 똑같이 겁을 잔뜩 먹은 모습이었다.

"서장까지 무사히 갈 수 있을까요?"

"……노력해 봐야지. 처음보다는 쉽지 않겠어?"

"이왕 이렇게 된 거 귀단문이 시간을 벌어 주면 좋겠습니다. 그래도 우리보다는 전력이 더 낫지 않습니까?"

# 제104장 숨어 있던 화살

겁에 질려 있어도 머리는 잘 굴러가는지 부문주가 조심스럽게 본인의 바람을 드러냈다.

아무래도 하오문에 비하면 귀단문의 전력이 훨씬 더 강해서였다.

지난 세월 동안 하오문도 고수를 육성하기 위해 갖은 노력을 다했으나 안타깝게도 투자한 만큼의 결실은 맺지 못했다.

어쩌면 그래서 이 모양 이 꼴이 되었는지도 몰랐다.

"그렇게 된다면야 더할 나위 없지만……."

하오문주가 말끝을 흐렸다.

추격대를 이끄는 이가 전략전술을 아예 모르는 단순무식한 자라면 그녀도 걱정하지 않았을 것이다.

오히려 잔뜩 비웃어 주며 서장으로 빠져나갔을 터였다.

그러나 지금 하오문과 귀단문을 추격하는 이는 중원수호맹에서 총군사를 역임했던 제갈민이었다.

"우리는 이동하면서 흔적을 지우고 있지 않습니까. 이런 쪽의 전문가들도 다수 있고. 반면에 귀단문 쪽은 흔적에 대해서 전혀 신경 쓰지 않을 테니 우리보다 먼저 발각될 가능성이 높습니다. 백도무림에게는 우리보다 귀단문이 더 눈엣가시이지 않을까요?"

"그건 네 생각이고."

"아, 죄송합니다."

차가운 하오문주의 말에 부문주가 찌그러지듯이 몸을 움츠렸다.

그러고는 눈알을 쉬지 않고 굴렸다.

하오문주와 마찬가지로 추격대를 걱정하며 주변을 샅샅이 훑는 것이었다.

'좋게 풀린다면야 더할 나위 없이 좋겠지만, 최악의 경우도 생각해야 해.'

하오문주는 입술을 깨물었다.

세상일이라는 게 늘 생각한 대로 흘러가지만은 않았다.

그러니 준비할 수 있는 건, 사용할 수 있는 패는 모두 다 사용해야 했다.

그녀는 그중 하나를 떠올렸다.

'사용할 수만 있다면.'

무엇을 생각하는 건지 하오문주의 두 눈이 서늘하게 빛났다.

비록 지금은 도망자 신세지만 그래도 아무 계획 없이 도망칠 수는 없었다.

"자자, 다들 정지. 힘겹게 달려왔을 텐데 이제는 좀 쉬어야지?"

"헉!"

"어, 어느새 여기까지!"

그때 하오문이 달려가던 길목을 일단의 무리가 막아섰다.

바로 유하성 일행이었다.

그중 추적에 가장 큰 활약을 한 이춘상이 느물거리는 어조로 입을 열며 앞으로 걸어 나왔다.

"다들 많이 궁금한 표정이네. 어떻게 먼저 왔는지."

"……."

히죽거리는 이춘상과 달리 하오문주를 비롯한 하오문도들의 표정은 딱딱하게 굳어져 있었다.

그러면서 누구도 궁금하지 않다는 듯이 입을 다물었다.

중요한 건 맞닥뜨린 거지 어떻게 먼저 이곳에 도착했는지가 아니었다.

'다행히 숫자는 그리 많지 않아.'

이춘상의 재수 없는 말을 들으며 하오문주는 빠르게 상대

측 인원을 살폈다.

추격대에 있어 가장 중요한 게 속도인 만큼 인원은 다행히 많지 않았다.

다만 문제는 소수정예라는 사실이었다.

이춘상 한 명만 하더라도 골치가 아픈데 상대 진영에는 현광과 나지연, 남궁준, 원일, 제갈성이 있었다.

백도무림을 대표하는 후기지수들이 전부 모여 있었던 것이다.

게다가 이제는 당연하게 천하십대고수로 인정받는 유하성도 있었다.

'제길.'

시끄럽게 떠드는 이춘상의 말을 한 귀로 듣고 한 귀로 흘리며 하오문주가 어금니를 앙다물었다.

숫자는 이쪽이 많았지만 고수는 상대쪽이 압도적이었다.

당장 그녀만 하더라도 유하성은커녕 현광이나 이춘상도 쓰러뜨릴 수 없었다.

그런데 그때 하오문주의 눈에 한 명이 들어왔다.

"입술에 아교라도 발랐나? 대답이 없네? 아니면 대답할 여력이 없는 건가?"

이춘상이 대놓고 이죽거렸다.

달려들 거면 얼른 달려들라는 듯이 말이다.

하지만 그의 도발에 하오문도들은 얼굴을 붉힐지언정 먼

저 공격하지는 않았다.

상관의 지시가 떨어지지 않았기도 했지만 솔직히 자신이 없었다.

스읏.

아니, 오히려 도망칠 궁리를 하는 이들이 대부분이었다.

한 명 한 명이 막강하기 짝이 없는 고수들이었으나 다행스럽게도 숫자가 적었다.

동시에 흩어진다면 아무래도 유리한 건 이쪽이었다.

운이 따른다면 빠져나갈 수도 있기에 하오문도들은 각자 도망칠 방향을 머릿속으로 정했다.

"이번에는 절대 놓치지 않을 겁니다."

부친인 제갈민을 닮아 적장에게도 말을 놓지 않는 제갈성이 평소와 달리 단단한 눈빛으로 포문을 열었다.

번천회의 십천을 확실하게 말살하지 못했기에 지금의 상황까지 온 거나 마찬가지였다.

그렇기에 제갈성은 반드시 이 자리에서 끝장을 볼 작정이었다.

다시는 이번과 같은 일이 벌어지지 않도록 말이다.

"후환거리는 확실하게 제거해야지."

그리고 그 생각은 남궁준도 마찬가지였다.

지치고 힘들지만 그럼에도 여기까지 달려온 이유는 딱 하나.

하오문주를 잡고 저번에 뽑지 못한 뿌리를 완벽하게 뽑기 위해서였다.

"……협상은 힘들겠죠?"

"어쭈. 이제 와서? 반대 입장이었다고 생각해 봐. 당신은 협상하겠어?"

이춘상이 기가 찬다는 듯이 코웃음 쳤다.

그런데 그건 다른 이들도 마찬가지인 듯 하나같이 실소를 흘렸다.

"……."

눈곱만큼의 여지도 없다는 반응에 하오문주는 입술이 바짝 말랐다.

역시나 예상했던 대로의 반응이어서였다.

하지만 얼굴 어디에서도 좌절한 기색은 보이지 않았다.

부문주조차도 몸을 사시나무처럼 떨고 있는데 말이다.

―내 전음, 들리죠?

―무슨 짓이지?

질식할 듯한 살기가 온몸을 짓누르고 있었으나 아직 시간은 있었다.

칼이 날아오는 게 아니었기에 하오문주는 황급히 전음을 보냈다.

과거 그녀와 거래를 한 적이 있는 이에게 말이다.

그런데 하오문주의 전음에 사내가 정색했다.

—왜 이렇게 차가우실까. 우리는 남이 아니잖아요?

—개소리 지껄이지 마라.

으르렁거리는 듯한 전음과 달리 사내의 표정은 태연했다.

그러나 하오문주의 눈에는 보였다.

사내의 눈동자가 순간적으로 흔들린 게 말이다.

제 딴에는 동요를 숨기려고 애쓰고 있으나 그녀의 눈을 피할 수는 없었다.

—어머. 개소리라니요. 명문세가의 후계자께서 어찌 그런 상스러운 말을 쓰실까.

—닥쳐라!

귀청이 찢어지지 않을까 싶을 정도로 날카로운 전음이 하오문주를 강타했다.

하지만 그녀는 눈 한 번 찡그리지 않았다.

상대방이 흥분했다는 건 심리적으로 몰려 있다는 뜻이었기 때문이다.

그리고 하오문주는 사내가 어째서 당황하는지 그 이유를 너무도 잘 알았다.

—제가 무슨 말을 할까 두려운 모양이신가 보네요.

—무슨 소리인지 모르겠군.

—어머? 정말 모르세요? 제가 직접 말씀을 드려야 하나. 까먹기에는 그리 오랜 시간이 아닌 것으로 알고 있는데. 아니면 자신에게 불리한 기억은 자체적으로 소각하시는 건

가요?

-네년의 말을 다른 사람들이 믿을 것 같으냐!

-증거가 있다면요?

흠칫!

하오문주의 전음에 사내가 움찔거렸다.

그러나 그는 이내 그 기색을 털어 냈다.

제삼자가 알아볼 수 없게 최대한 빨리 표정을 가다듬었다.

그와 동시에 기억을 곱씹었다.

-증거가 있을 리 없다.

그 어느 때보다 빠르게 돌아간 머리가 답을 내놓았다.

자잘한 선물을 받기는 했으나 그가 직접적으로 하오문과 연결된 건 단 하나도 없었다.

기껏해야 기루에 들락날락한 것뿐이었다.

그 외에는 연관된 게 전혀 없었다.

-직접적인 증거는 없죠. 하지만 공자님도 알고 계실 텐데요? 제갈세가와 개방이 공자님을 의심하고 있다는 것을요.

사내가 마른침을 삼켰다.

안 그래도 그 사실을 알고 깜짝 놀랐었다.

비밀리에 자신의 뒷조사를 하고 있었기에 사내는 한동안 정말 쥐 죽은 듯이 지냈었다.

조금이라도 의심이 될 만한 여지가 없도록 말이다.

-네년 따위의 말을 믿어 줄까?

하오문주라는 호칭도 아니고 창부(娼婦)처럼 한없이 내려다보는 말투임에도 하오문주는 눈 하나 깜빡이지 않았다.

애초에 원래 이런 성격이라는 걸 잘 알아서였다.

오히려 그녀에게는 이렇게 나오는 게 더 좋았다.

다루기 쉽다는 뜻이었으니까.

—하지만 의심이 더욱 짙어지겠지요. 공자님의 말처럼 곧이곧대로 믿지는 않겠지만 그래도 의심과 확신 사이에서 확신 쪽으로 좀 더 기울지 않을까요?

—감히 나에게 협박을 하는 것이냐!

다시 한번 귀청이 떨어질 것 같은 고성이 귀에 울려 퍼졌다.

이번 채찍은 좀 아픈 모양인지 반응 역시 격렬했다.

그러나 지금이야말로 당근이 가장 큰 효력을 발휘할 때였다.

—저 세 명, 치워 버리고 싶지 않으세요?

—……!

하오문주의 시선이 자연스럽게 유하성, 이춘상, 현광에게로 향했다.

능력은 쥐뿔도 없으나 자존심만은 하늘에 닿을 정도로 높은 사내에게 세 사람은 거대한 벽이었다.

어쩌면 그의 앞을 평생 가로막을.

그걸 사내도 잘 알고 있었다.

-저는 절대 공자님을 협박하는 게 아니에요. 서로에게 유익한 제안을 하는 것이죠. 상부상조라는 말이 있잖아요. 제가 원하는 건 안전하게 이곳을 빠져나가는 것뿐이에요. 하지만 그러기 위해서는 저 세 명을 치워야 하죠. 그러니까 이번 한 번만 힘을 합치는 게 어떨까요? 딱 한 번만. 그러고는 앞으로 다시는 마주치지 않는 거죠.

사내의 눈알이 빠르게 굴러가기 시작했다.

이해득실을 따지기 시작하는 것이었다.

그리고 그 말은 달리 말하면 그만큼 솔깃한 제안이라는 뜻이었다.

사내도 알고 있었다.

이대로 시간이 간다면 절대 유하성, 이춘상, 현광을 따라잡지 못하리라는 걸 말이다.

아마 앞으로의 중원무림은 저 세 명이 이끌어 갈 게 분명했다.

'인정하기 싫지만 기회인 건 사실이다.'

사내의 머리가 빠른 속도로 회전했다.

모두가 지쳤다.

그건 유하성과 이춘상, 현광도 마찬가지였다.

게다가 상황도 더할 나위 없이 좋았다.

-계획이 있나?

악마의 유혹이나 마찬가지인 제안이었다.

하지만 그렇기에 사내로서는 넘어갈 수밖에 없었다.

지금을 놓치면 앞으로 영영 그는 세 명의 그림자에 가려질 게 분명했다.

다만 어설픈 계획이라면 동참하지 않을 생각이었다.

-물론이죠. 설마하니 아무런 계획도 없이 공자님께 이런 제안을 드렸을까요? 이 긴급한 상황에서요.

하오문주의 시선이 빠르게 상대 진영을 훑었다.

이번에는 지난번과 같은 실수를 하지 않겠다는 듯이 후기지수들은 슬금슬금 포위망을 구축하고 있었다.

단 한 명도 놓치지 않겠다는 듯이 말이다.

그 덕분에 하오문주는 이렇게 대화를 주고받을 시간을 벌 수 있었다.

스윽.

물론 그렇다고 해서 가만히 있지는 않았다.

부문주에게 은밀히 수신호를 보내 부하들의 위치를 조정했다.

언제라도 돌진하거나 흩어질 수 있도록 말이다.

길목을 막고 서서히 포위하고 있었으나 아직은 곳곳에 틈이 남아 있었다.

-일단 들어 보지.

상대측이 신중하게 나오는 덕분에 하오문주는 시간을 벌었다.

그야말로 천금 같은 시간을 말이다.

그리고 특유의 거만한 어조가 귓전에 파고들었다.

―지금 저희에게는 폭정단과 진천뢰가 있어요. 저는 이걸 이용해 난전으로 유도할 거예요. 그때 제가 준 독을 사용하세요. 적은 양이지만 그 한 병이면 작은 마을 하나 정도는 순식간에 날려 버릴 수 있어요. 일독문이 제조한 삼대극독 중 하나가 바로 그 독이에요. 사천당가의 사람도 없으니 그 독이라면 셋뿐만 아니라 검룡과 비룡도 치울 수 있어요. 잘만 사용한다면요.

부르르르.

이어지는 하오문주의 전음에 사내가 몸을 떨었다.

다섯 명만 치워 버린다면 후기지수 중 최강이 되는 것도 불가능하지만은 않아서였다.

이제는 셋만 남은 구룡 중 현룡 제갈성이 남아 있기는 하나 애초에 그는 무력보다는 문무겸전으로 견줄 자가 없기에 구룡의 일좌를 차지했다.

사내의 실력이라면 제갈성 정도는 충분히 밀어낼 수 있었다.

―어떠신가요? 이 정도라면 충분히 공자님께도 이익이 되는 제안이라고 생각하는데요. 참고로 시간이 얼마 남지 않았어요.

하오문주는 마지막 말에 힘을 주었다.

시간이 얼마 남지 않았다는 말은 언제라도 사내에 대한 걸 터트릴 수도 있다는 협박이었다.

하지만 그녀는 자신했다.

사내가 이 제안을 거절하지 않을 것임을 말이다.

'대신 다른 꿍꿍이속이 있겠지.'

사내에게 제안했지만 하오문주는 그를 절대 믿지 않았다.

그가 어떤 생각을 하고 있을지 너무나 잘 알아서였다.

아마 제안을 받아들이면서 그녀까지 날려 버릴 생각을 하고 있을 게 분명했다.

도움받은 기억은 잊어도 협박은 잊지 못하는 게 사내였다.

'하지만 그건 나도 마찬가지야.'

사내를 믿지 못하는 건 피차일반이었다.

그렇기에 하오문주도 나름의 대비는 되어 있었다.

－문주의 제안, 받아들이지.

－좋아요. 그럼 바로 시작하죠.

－허튼짓은 하지 않는 게 좋을 거다.

사내의 퉁방울만 한 눈이 하오문주에게 닿았다.

허튼짓을 한다면 단숨에 짓밟아 버리겠다는 듯이 말이다.

그러나 그 강렬한 안광에도 하오문주는 조금도 겁먹지 않았다.

괴물 같았던 귀단문주와 혈불과도 독대를 했던 그녀에게 사내는 그저 가문의 후광만 믿고 거들먹거리는 애송이에 불과했다.

–명심하죠. 대신 공자님께서도 확실하게 해 주셔야 해요.

–물론이다. 나에게도 이번 일은 미래가 걸려 있다.

–그럼 바로 시작하죠.

더 이상의 대화는 필요 없었기에 하오문주는 곧바로 손을 들어 올렸다.

공격하라는 수신호였다.

그러자 그녀를 중심으로 모여 있던 하오문도들이 일제히 품속에 손을 넣어 환약을 꺼냈다.

바로 귀단문의 비전인 폭정단이었다.

꿀꺽!

그걸 하오문도들은 망설이지 않고 삼켰다.

사 년 전이었다면 이걸 먹는 순간 선천진기가 다 소모될 때까지 싸우다 죽었을 테지만 지금은 달랐다.

폭정단으로 뽑아낸 선천진기를 다시 제자리로 되돌아가게 해 주는 환약이 개발되었기에 하오문도들은 거침없이 달려들었다.

물론 후유증이 없는 건 아니었다.

한번 사용한 선천진기는 다시 채울 수 없었다.

그러나 중요한 건 살 수 있다는 점이었다.

"한 곳에 집중해!"

폭발적인 기세로 돌진하는 부하들을 향해 하오문주가 뾰

족한 목소리로 소리쳤다.

이번 싸움의 목적을 상기시키기 위해서였다.

섬멸전이 아닌 퇴각이 목적이었기에 그녀는 냉철한 목소리로 주지시켰다.

그러면서 남몰래 품속에 손을 집어넣었다.

"의외네. 폭혈단을 사용할 줄 알았는데. 그래도 제 목숨은 중요하다 이거지?"

"마지막 발악인가."

눈썰미가 좋은 이춘상이 단번에 폭정단을 알아봤다.

겉으로 보기에는 별다른 차이가 없는데 말이다.

반면에 현광은 어떤 쪽이든 상관없다는 듯이 중얼거리며 검을 뽑았다.

대충 세어 보아도 오십 명이 넘는 인원이었으나 현광을 비롯해서 긴장하는 이들은 아무도 없었다.

"우리로서는 좋지. 하나하나 뒤쫓는 것보다는."

숫자는 적으나 대신 이쪽은 한 명 한 명이 다 고수였다.

그것도 향후 백도무림을 떠받칠 기둥들이 될 후기지수였기에 이춘상은 건들거리며 손을 뻗었다.

다른 이들은 눈곱만큼도 걱정하지 않고서 건성으로 장력을 뿌렸던 것이다.

콰콰콰쾅!

그러나 대충 뿌린 그 장력을 막아 내는 이가 단 한 명도 없었다.

선천진기까지 끌어내 썼음에도 불구하고 네댓 명이 튕겨져 날아갔다.

'아직이야.'

오십 명이 넘었던 인원이 순식간에 반절로 줄어들었으나 하오문주는 품속에 집어넣은 손을 빼지 않았다.

아직 최적의 순간이 오지 않았다고 생각해서였다.

좀 더 흙먼지가 피어오르고 후기지수들이 뿔뿔이 흩어져야 했다.

그래야 사내가 마음 편히 움직일 수 있을 테고, 하오문주 역시 몸을 내뺄 수 있었다.

'어차피 부하들은 또 모으면 된다.'

따로 데려올 정도로 오십여 명 전부 다 수족이라고 할 수 있었다.

하지만 결국 중요한 건 자기 자신이었다.

자신의 목숨을 확실하게 건질 수 있다면 그녀는 여기 있는 부하들 전부를 갈아 넣을 수 있었다.

그 정도 독심이 있어야 하는 자리가 하오문주의 자리이기도 했고.

'지금!'

양측의 인원이 복잡하게 뒤섞였을 때 하오문주의 손이 번개같이 움직였다.

유하성과 이춘상, 현광의 사이로 마지막까지 아껴 두었던 진천뢰를 던졌던 것이다.

꽈아앙!

전력을 다해 던진 진천뢰가 지면에 닿는 순간 거대한 폭발을 일으켰다.

그리고 그 순간 하오문주가 몸을 날렸다.

누구도 예상하지 못한 방향으로 도주했던 것이다.

더불어 거대한 인영 하나가 먼지구름 속으로 파고들었다.

'다섯 명을 치워 버리면 내가 최고가 될 수 있다!'

갑작스러운 진천뢰의 등장에 모두가 어리둥절해할 때 유일하게 단 한 명만이 당황하지 않고 폭발이 일어난 곳으로 달려들었다.

그러고는 품속에 있던 작은 병을 꺼내 비수에 묻혔다.

정확히 다섯 개의 조그만 비수에 극독을 바른 사내는 망설이지 않고 목표를 향해 던졌다.

마음속으로 전부 다 맞기를 바라면서 말이다.

'정확히 맞지 않아도 된다. 스치기만 해도 돼. 그래도 절명이다.'

사천당가를 상대로도 밀리지 않았던 일독문이었다.

더욱이 지금은 멸문했기에 그가 가지고 있는 해독약 말고는 없었다.

구하고 싶어도 구할 수가 없는 상태였기에 일단 몸에 스치면 무조건 죽을 수밖에 없었다.

그렇기에 먼지구름 속에서 사내는 누런 이를 드러내며 히죽 웃었다.

티잉! 티티티팅!

"어?"

그런데 그때 사내의 귀로 이상한 소리가 들렸다.

무언가가 튕겨져 나가는 듯한 소리가 연달아 들려왔던 것이다.

동시에 그의 심장이 크게 뛰기 시작했다.

아무것도 보이지 않건만 이상하게 불안감이 엄습해 왔다.

'서, 설마?'

왠지 모를 불길한 느낌에 사내는 황급히 몸을 돌렸다.

아직 주변은 진천뢰가 일으킨 먼지구름으로 뒤덮여 있었다.

즉, 그가 극독이 발린 비수를 던진 걸 본 사람이 없다는 뜻이었다.

그런 만큼 빠져나갈 여지가 있었기에 사내는 다급히 몸을 틀었다.

덥석.

한데 그 순간 굳은살 가득한 손이 사내의 어깨를 움켜잡았다.

거구인 그에 비하면 말라 보이는 팔뚝이었으나 사내는 어

깨를 잡은 손을 떨쳐 내지 못했다.

아니, 어깨에 손이 닿는 순간 한쪽 무릎을 꿇었다.

무지막지한 힘이 그의 어깨를 짓눌러서였다.

"이번에 움직이지 않을까 했는데, 역시나."

"노, 놓으시오!"

"이것 보소. 날 죽이려 해 놓고 놓으라고? 또 무슨 짓을 할 줄 알고? 독살을 시도한 놈을 뭘 믿고 놓아줘?"

"마, 말이 심하오! 내가 뭘 했다고 이러는 것이오!"

황보태석이 악을 쓰며 잡아뗐다.

자신은 정말 아무것도 하지 않았다는 듯이 얼굴 가득 억울한 표정을 지으면서 말이다.

하지만 그 말에 동조하거나 도와주는 이는 아무도 없었다.

오히려 그를 쳐다보는 모두의 눈빛이 싸늘해졌다.

"잡아떼시겠다?"

"일단 이걸 놓고 말로 합시다!"

"하하하!"

당당하게 말로 하자는 황보태석의 말에 이춘상이 어이가 없다는 듯이 웃었다.

그러나 두 눈은 웃지 않았다.

꿀꺽!

그 시선에 황보태석은 자기도 모르게 침을 삼켰다.

단순히 쳐다보는 것뿐인데 이상하게 오금이 저려서였다.

"약간의 오, 오해가 있는 거 같은데……."

"오해는 무슨. 네 손에 증거가 지금 버젓이 있는데."

"헙!"

북해의 얼음처럼 싸늘한 목소리가 황보태석의 귓전을 때렸다.

동시에 그의 시선이 자신의 왼손으로 향했다.

이춘상의 말에 본능적으로 왼손을 쳐다봤던 것이다.

"증거뿐만이 아냐. 증인도 있지. 설마 고작 흙먼지에 시야가 가려졌다고 생각하는 건 아니겠지?"

"전 봤어요."

"나 역시."

"저도 봤습니다."

이춘상에 이어 나지연과 현광, 원일이 냉기가 풀풀 날리는 어조로 대답했다.

황보태석을 예의 주시한 건 이춘상만이 아니었던 것이다.

그들의 말에 황보태석의 안색이 해쓱해졌다.

아무리 생각해 봐도 빠져나갈 구석이 보이지 않아서였다.

"나, 나는……!"

부정해도 소용없었다.

그걸 황보태석도 알고 있었다.

하지만 이대로 인정하게 되면 모든 게 끝나기에 황보태석은 이러지도, 저러지도 못하며 옹알이를 하듯 어버버댔다.

"변명은 모두가 모인 자리에서 해. 그동안 변명거리를 생각해 두면 되겠네. 물론 어떤 변명을 해도 소용없겠지만. 이번 일은 제아무리 황보세가라도 널 지켜 주기 힘들 거야."

이춘상이 평소와 다르게 살기 가득한 눈빛으로 말했다.

마음 같아서는 당장에 머리를 터트리고 싶지만 황보태석은 황보세가의 소가주였다.

그렇기에 절차가 필요했다.

또한 이번 일뿐만 아니라 따로 알아내야 할 것도 있었고 말이다.

"제, 제발 한 번만……. 읍!"

뒤늦게 사태를 파악한 황보태석이 구걸하듯 입을 열었으나 안타깝게도 그의 말은 끝까지 이어지지 못했다.

이춘상이 마혈과 아혈을 동시에 점혈해서였다.

"하오문주도 죽이지 말아 달라고 부탁했다."

"어느 틈에?"

"비수가 날아왔을 때."

이춘상의 곁으로 유하성이 다가왔다.

바닥에 떨어져 있던 비수를 일일이 챙기고서 말이다.

하지만 비수에 손을 대지는 않았다.

허공섭물로 들어 올려 한곳에 모았다.

"사람 생각하는 게 다 똑같다니까."

"혹시나 한 거지."

"나도 마찬가지야."

이춘상은 대답하며 황보태석의 품속을 뒤졌다.

독을 가지고 있다면 당연히 해독제도 가지고 있을 거라고 생각해서였다.

전문적으로 독을 다루는 이가 아닌 만큼 해독제는 필수였다.

"있어?"

"여기 있네. 이제는 진짜 빼도 박도 못하겠지?"

황보태석의 품속에서 해독제로 보이는 작은 목궤 하나를 꺼낸 이춘상이 눈앞에서 흔들며 이죽거렸다.

그러자 황보태석의 안색이 시커멓게 변해 갔다.

이것으로 또 하나의 증거품이 늘어나서였다.

"어떤 개소리를 지껄일지 궁금하네."

"하오문주도 사로잡았습니다."

쿠웅!

이춘상이 해독제를 찾았을 때 하오문주를 추적했던 남궁준과 제갈성이 돌아왔다.

짐짝처럼 하오문주를 어깨에 들쳐 메고서 복귀했던 것이다.

그러고는 황보태석의 앞에 거칠게 던졌다.

"상태가 양호하네요."

"무공보다는 잡기 쪽에 특화되어 있는 쪽이라 이 친구가 상극입니다."
"운이 좋았습니다."
친구인 남궁준의 말에 제갈성이 멋쩍게 웃었다.
상극이라고 할 정도까지는 아니어서였다.
게다가 단순 전력으로 비교해도 이쪽이 압도적이었기에 오히려 놓치는 게 이상했다.
놓쳐서도 안 되었고 말이다.
"여기는 정리가 됐는데, 귀단문 쪽은 어떻게 됐는지 모르겠네."
"그쪽도 잘 풀렸을 거야. 여기 못지않은 전력이니까."
"그런가?"
유하성의 말에 이춘상이 고개를 갸웃거렸다.
연배로 따지면 귀단문을 추격한 쪽이 더 높기는 했으나 그렇다고 해서 꼭 전력적으로 더 낫다고 생각하지는 않아서였다.
"일단은 믿어 봐야지. 안 그래?"
"그렇긴 하지. 우리도 임무를 완수했는데. 물론 예기치 못한 일이 벌어지긴 했지만."
이춘상의 살기 어린 시선이 다시 황보태석에게 향했다.
자칫 잘못했으면 자신도 죽을 뻔했기에 이춘상은 정말 죽일 기세로 황보태석을 노려봤다.
"자자, 나머지는 돌아가서 하자고. 귀단문을 추격한 쪽의 상황도 알아봐야 하니까. 그리고 나도 이대로 넘어갈 생각은 없어."

이춘상을 다독이면서도 현광 역시 할 말은 했다.

그도 살수(殺手)를 받은 만큼 웃으며 넘어갈 생각은 전혀 없었다.

배신자의 말로는 하나뿐이었다.

"가자고."

이윽고 유하성을 시작으로 일행이 성도로 되돌아갔다.

사천당가 내원에 위치한 대회의실에 무거운 침묵이 내려앉았다.

바로 황보태석의 일 때문이었다.

구파일방의 수장들은 물론이고 오대세가를 비롯하여 명문세가의 가주들이 전부 대회의실에 모여 있었다.

그런데 많은 이들이 모여 있었음에도 정작 입을 여는 사람은 없었다.

부들부들!

대신 황보세가의 가주인 황보경을 조용히 바라봤다.

그가 어떤 결정을 내릴지 지켜보겠다는 듯이 말이다.

"정녕, 정녕 다섯 명을 독살하려 했느냐?!"

"아, 아버지."

"내가 묻지 않느냐!"

마혈과 아혈이 풀렸지만 황보태석이 할 수 있는 건 간절한 눈빛으로 부친을 부르는 것뿐이었다.

마음 같아서는 아니라고 잡아떼고 싶지만 증거가 너무 명백했다.

그렇기에 황보태석은 황보경을 간절하게 바라봤다.

지금의 상황을 타개해 줄 이는 부친밖에 없어서였다.

"왜 그랬느냐? 왜 그랬어!"

사자후처럼 황보경이 울부짖었다.

태생적으로 강골을 타고나는 황보세가의 후손답게 황보경의 체구 역시 장대했다.

그래서인지 그냥 외치는 것뿐인데도 대회의실이 쩌렁쩌렁하게 울렸다.

"저는 그러니까, 아! 하오문주의 꼬드김에 넘어간 것뿐입니다! 섭혼술로 저를 조종했습니다! 맞아요!"

부르르르!

황보경이 몸을 떨었다.

핑계라고 대는 게 너무나 어처구니가 없어서였다.

못난 놈에 이어 본인 스스로를 부족한 놈으로 만들어 버리는 황보태석의 말에 황보경은 두 눈을 질끈 감았다.

"아, 아버지! 사, 살려 주세요! 제가 그런 게 아니에요! 전부 다 하오문주가 계획하고 저지른 짓이에요!"

황보태석이 절박한 목소리로 소리쳤다.

모든 걸 하오문주에게 떠넘기지 않으면 자신이 죽는다는 걸 알기에 황보태석은 간절한 눈으로 황보경을 쳐다봤다.

그뿐만 아니라 정말 억울하다는 눈빛으로 각현과 천강, 당민후를 비롯한 강호명숙을 차례대로 바라봤다.

하지만 그런 그의 간절한 눈빛에도 돌아오는 건 싸늘한 시선뿐이었다.

"증거가 명백한데도 변명을 하는 건가?"

남궁수가 기가 막힌다는 표정으로 물었다.

들으면 들을수록 가관이어서였다.

더욱이 황보태석이 죽이려 한 이들 중에는 그의 아들인 남궁준도 있었다.

그렇기에 남궁수는 죽일 듯이 황보태석을 노려봤다.

"제가 한 게 아닙니다! 모두 다 하오문주가……!"

"닥쳐라, 이놈!"

"아, 아버지!"

황보경의 호통에 황보태석이 눈물을 글썽거렸다.

그의 편이라고는 황보경이 유일했기에 황보태석은 닭똥 같은 눈물을 흘렸다.

하나 그의 거짓 눈물에 넘어가는 이들은 없었다.

'허어.'

소리 없이 우는 황보태석의 모습에 황보경이 두 눈을 질끈 감았다.

하나뿐인 아들이자 황보세가의 유일한 후계자가 황보태석이었다.

또한 아무리 모자라다 하더라도 그의 아들이었다.

그러나 답이 없었다.

다른 이도 아니고 무당파 장문인의 막내 사제와 대제자, 개방의 후계, 화산파 대제자, 남궁세가의 소가주를 독살하려 했다.

만약 황보태석을 살리겠다고 하면 무당파와 개방, 화산파, 남궁세가가 절대 가만있지 않을 것이었다.

'이건 내가 어떻게 할 수 있는 일이 아니다.'

황보경은 어금니를 악물었다.

차라리 들키지 않았다면, 독살을 성공했다면 어땠을까 하는 생각이 들었다.

하지만 중요한 건 현재였다.

그런 가정은 지금 아무짝에도 쓸모없었다.

'……내가 무릎 꿇는다고 해도 용서해 주지 않겠지.'

즉석에서 죽이지 않고 여기까지 살려서 데려온 것만으로도 그의 입장을 많이 생각해 준 것이었다.

아마 황보태석이 황보세가 출신이 아니었다면 독살을 시도했던 그 자리에서 목이 잘렸을 터였다.

그렇기에 황보경은 아들의 목숨을 살려 달라고 말할 수 없었다.

거기까지 바란다면 그건 욕심이었다.

아니, 말을 할 수는 있었다.

아버지로서 그 정도는 누구나 말할 수 있으니까.

다만 그럴 경우 무당파와 개방, 화산파, 남궁세가가 가만있지 않을 것이었다.

'본 가의 자리를 노리는 승냥이들은 옳다구나 구경할 테지.'

같은 정파라고 해서 모두가 다 사이좋은 건 아니었다.

오히려 정파이기에 보이지 않는 암투가 난무하는 게 이 바닥이었다.

또 황보세가의 자리를 노리는 이들도 수두룩했다.

끌어내리지 못해서 지켜보는 거지 끌어내릴 방도가 있다면 달려들 이들은 이곳에도 많았다.

"아, 아버지?"

황보경이 마음의 결정을 내린 걸 알아차린 것일까.

황보태석이 떨리는 목소리로 그를 불렀다.

그러나 절박한 아들의 목소리에도 황보경은 눈을 뜨지 않았다.

"제가, 제가 잘못했어요. 다섯 분에게 사과드릴게요! 무릎 꿇고 사죄하겠습니다! 그러니 한 번만, 한 번만 용서해 주세요! 다시는 이런 일이 없도록 하겠습니다! 워, 원하신다면 십 년 동안 폐관수련을 하겠습니다! 가문 밖에 나오지 않겠습니다!”

쿠웅! 쿠웅! 쿠웅!

죄인처럼 포박되어 있던 황보태석이 무릎을 꿇었다.

그러고는 이마를 바닥에 박았다.

포박된 상태이기에 오체투지를 하지 못하자 대신 머리를 박는 것이었다.

하지만 그런 행동에도 불구하고 좌중의 눈빛은 바뀌지 않았다.

“할 말은 다 했나?”

“처, 천강 대협!”

“그 더러운 주둥이로 내 도명 부르지 마라. 역겨우니까.”

덜덜덜덜!

천강은 목소리를 높이지 않았다.

그런데 고저 없는 천강의 목소리에 황보태석은 북풍한설을 맨몸으로 맞는 듯한 착각이 들었다.

눈이 마주치자 오한이라도 걸린 것처럼 몸이 떨려 왔던 것이다.

“제가, 제가 잘못했습니다. 평생 동안 속죄하며 살겠습니다! 제발 한 번만, 한 번만 용서해 주십시오!”

황보태석이 무릎걸음으로 천강에게 다가가려 했다.

아무래도 배분은 천강과 각현, 심홍이 가장 높았기에 그들의 의사가 누구보다 중요했다.

때문에 황보태석은 눈물, 콧물을 질질 짜며 무릎걸음으로 다가가려 했으나 도중에 막혔다.

당민후의 눈짓에 사천당가의 무사들이 황보태석을 제지해 서였다.

"시간을 더 주어야 하나? 이 정도면 배려는 충분히 했다고 생각하는데."

평소에는 늘 부드러운 미소를 머금고 있는 심홍이 냉랭한 어조로 말했다.

아무리 황보세가의 후계자라고 하나 동료를 노린 배신자였다.

하물며 그 배신행위를 사 년 전부터 해 왔었기에 심홍은 즉결심판을 해도 황보경이 할 말은 없을 것이라고 생각했다.

"저도 이 정도면 시간은 충분히 드렸다고 생각합니다. 첨언하자면 저는 어느 쪽이든 상관없습니다."

"개방 역시 마찬가지입니다."

무율과 이춘상이 입을 열었다.

특히 무율의 눈빛이 너무나 살벌했다.

평소의 그와 달리 눈빛으로 사람을 죽일 수도 있을 것 같은 안광을 토해 냈다.

"으음!"

그런 두 사람의 말에 황보경이 침음을 흘렸다.

대회의실에 많은 사람들이 있었으나 그의 편은 단 한 명도 없었다.

오히려 하나같이 차가운 눈빛으로 그와 아들을 주시하고 있었기에 황보경은 나직이 한숨을 내쉬었다.

'황보세가를 위해서라면, 태석이를 버려야 한다.'

황보경의 뇌리에 방금 전 무율이 했던 말이 떠올랐다.

어느 쪽이든 상관없다는 말은 전쟁도 불사하겠다는 뜻이었다.

원래부터 검선이 있던 무당파에 패왕이라는 걸출한 무인까지 등장했다.

그런 무당파와 황보세가가 싸운다면 결과는 불 보듯 뻔했다.

거기다 전쟁을 선택한다면 무당파하고만 싸우는 게 아니었다.

개방과 화산파, 남궁세가 역시 참전할 터였다.

'그렇게 되면 멸문을 피할 수 없겠지…….'

무당파, 화산파, 개방, 남궁세가.

이들 중 황보세가가 이길 수 있는 곳은 단 한 곳도 없었다.

그런데 네 곳과 동시에 싸운다면 황보세가는 반나절이 되기도 전에 잿더미로 화할 터였다.

꾸욱.

거기까지 생각이 닿은 황보경은 마음의 결정을 내렸다.

아무리 머리를 굴려도 아들을 살려낼 방법은 없었다.

황보세가가 살아남으려면 황보태석을 버리는 수밖에 없었다.

"……처분을 맡기겠습니다."

"아, 아버지!"

황보태석이 다급하게 황보경을 불렀다.

얼굴 가득 믿을 수 없다는 표정을 지으면서 말이다.

설마하니 부친이 자신을 버릴 줄은 몰랐기에 황보태석의 얼굴이 창백하게 변했다.

그러나 아들의 간절한 부름에도 황보경은 외면했다.

"다시 한번 묻겠소. 정말로 우리에게 처분을 맡기는 것이오?"

배분은 낮아도 황보경은 엄연히 일가의 가주였다.

그것도 명문세가의 가주였기에 천강은 예의를 갖추며 물었다.

황보태석을 살리겠다고 하면야 존중이고 뭐고 당장 뒤집어엎겠지만 말을 들어 보니 이성적인 판단을 내린 듯했다.

"예."

"아버지! 아버지!"

무거운 어조로 짧게 대답하는 황보경의 모습에 황보태석이 울부짖었다.

마지막 희망이라 할 수 있는 황보경마저 포기한다면 그에게 남아 있는 건 죽음뿐이었다.

그것도 배신자라는 치욕적인 낙인과 함께 말이다.

황보태석은 그것만은 피하고 싶어 황보경을 계속 불렀으나 대답은 없었다.

"가주가 처분을 맡긴다고 했으니 이제는 우리끼리 논의를 해야겠군."

결정을 내린 황보경은 두 눈을 감았다.

황보태석이 계속해서 그를 부르짖었으나 황보경은 석상처럼 미동도 하지 않았다.

아무것도 들리지 않는다는 듯이 제자리에 가만히 서 있기만 했던 것이다.

그로서는 이게 최선이었다.

"어떻게 저한테 이러실 수 있어요! 아버지! 저 황보세가의 소가주입니다! 추후 가주가 될 몸이라고요! 아버지이-!"

"시끄럽군."

울고불고 질질 짜며 소리치는 황보태석의 모습에 당민후가 손가락을 튕겼다.

다시 마혈과 아혈을 점혈한 것이었다.

그러자 몸이 석상처럼 굳어진 황보태석이 눈물과 콧물만 질질 흘렸다.

지금 그가 할 수 있는 건 이것밖에 없었다.

"논의할 게 있겠습니까? 제 아들의 목숨을 노린 놈입니다. 당연히 죽여야지요."

"저 역시 같은 생각입니다."

황보경이 포기했기에 남궁수는 황보태석을 후기지수로 대하지 않았다.

배신자이자 죄인으로 대했다.

그리고 그건 무율 역시 마찬가지였다.

무당파의 보물인 유하성과 그의 대제자인 원일을 노린 게 황보태석이었기에 무율은 강경했다.

"저 역시 일벌백계해야 한다고 생각합니다. 다시는 이런 일이 일어나지 않도록 하기 위해서라도요."

"그럼 나만 남은 건가."

무율에 이어 이춘상도 개방을 대표해서 말하자 천강이 고개를 주억거렸다.

하지만 고민하는 기색은 아니었다.

그 역시 진즉에 마음의 결정을 내린 상태였다.

"어찌하시겠습니까?"

"내 결정이 필요한가? 물론 나도 셋과 같은 생각이지만. 대신 하나 부탁하고 싶은 게 있네."

"편히 말씀하시죠."

남궁수가 대표해서 물었다.

그러자 천강의 시선이 두 눈을 감고 입을 다물고 있는 황보경에게로 향했다.

“황보세가주가 힘든 결정을 내리지 않았나. 그러니 최소한 고통 없이 보내 주는 게 어떻겠나? 더불어 이번 일은 여기에서 마무리 짓고. 어차피 배신행위를 한 건 황보태석 혼자이니.”

아무리 황보태석이 잘못했다고 하나 그래도 아들이었다.

그것도 후계자였기에 천강은 황보경을 배려해 주었다.

지금껏 황보세가가 백도무림에 헌신한 걸 감안해서.

“알겠습니다.”

“죗값만 제대로 치른다면 저도 괜찮습니다.”

“흐음.”

순순히 대답하는 남궁수, 이춘상과 달리 무율은 미간을 좁혔다.

그러고는 여전히 눈물, 콧물을 줄줄이 흘리는 황보태석을 노려봤다.

황보세가와 황보경을 생각하면 천강의 말대로 하는 게 맞았다.

그러나 이성과 달리 감정은 황보태석을 쉽게 용서하지 못했다.

“편히 말해도 되네. 우리야 한 명이지만 장문인은 두 명이지 않나.”

그 모습에 천강이 이해한다는 듯이 말했다.

생각이란 건 얼마든지 다를 수 있어서였다.

게다가 무율은 명천도 생각해야 했다.

정확하게는 명천의 성질머리를 말이다.

'고놈이 이 자리에 없는 게 황보경으로서는 천만다행이지.'

지금은 성질이 많이 죽었다지만 그래도 명천은 명천이었다.

그 성격이 어디 갈 리는 없었다.

게다가 평소에는 무신경해 보이지만 취선 역시 제자 사랑이 상당했다.

아마 지금쯤이면 소식이 전해졌을 테고 무당산에서 명천과 함께 노발대발하고 있을 것이었다.

'어쩌면 이곳으로 달려오는 중일 수도 있고. 황보세가를 멸하느니 마느니 하면서.'

# 제105장 혈채를 받으러

다른 사람이 그렇게 말했다면 헛소리로 치부하겠으나 말하는 이가 무림쌍선이라면 얘기가 달라졌다.

두 명이라면 황보세가 정도는 순식간에 지워 버릴 수 있었다.

"아닙니다. 저도 결정에 따르겠습니다. 황보세가주님의 입장도 생각해야 하니."

"배려해 주셔서, 감사합니다."

덜덜덜!

황보태석이 사시나무처럼 몸을 떨며 두 눈을 질끈 감았다.

이것으로 그의 미래가 정해져서였다.

황보경의 떨리는 목소리를 들으며 황보태석은 마지막까지

붙잡고 있던 기대를 놓았다.

"누가 하겠나?"

"제가 하겠습니다."

천강의 말에 무율이 냉큼 대답했다.

그러나 천강은 바로 대답하는 대신 남궁수와 이춘상, 유하성을 번갈아 쳐다봤다.

세 사람 모두 명분은 충분해서였다.

"무율 장문인이 한다면야 저는 괜찮습니다."

"저도 양보하겠습니다."

"자네는?"

순순히 물러나는 남궁수와 이춘상을 일별하며 천강이 유하성을 바라봤다.

아무래도 이번 사태의 중심이라고 할 수 있는 만큼 유하성이 직접 처리하는 것도 나쁘지는 않았다.

"장문사형께 맡기겠습니다."

"그렇다는군."

천강의 시선이 무율에게로 향했다.

이걸로 모두의 의견이 모아져서였다.

스르릉.

무율이 검을 뽑았다.

그러자 황보경이 순간적으로 움찔거렸다.

이제 정말 끝이라는 생각이 들어서였다.

하지만 결정을 번복하지는 않았다.

황보세가의 안위와 미래를 위해서는 이게 최선이었다.

그래서 황보경은 마음속으로 황보태석에게 사과했다.

"으읍! 으으읍!"

한편 검을 뽑는 소리에 황보태석은 경기를 일으켰다.

마음의 준비도 하지 못한 상태에서 검 뽑는 소리가 들리자 황보태석은 억눌린 괴성을 내질렀다.

아혈을 점혈당했기에 비명조차도 마음대로 내지르지 못하는 것이었다.

서걱.

황보태석에게 성큼성큼 다가간 무율은 단번에 목을 베었다.

부탁받은 대로 고통 없이 단칼에 보내 준 것이었다.

얼마나 말끔하게 베었는지 목이 잘렸음에도 피가 솟구치지 않았다.

"……허락해 주신다면 시신을 가져가고 싶습니다."

차마 아들의 목이 잘리는 걸 볼 수 없었는지 눈을 감고 있던 황보경이 힘겹게 한마디를 내뱉었다.

여전히 황보태석 쪽은 바라보지 못하면서 말이다.

"그리하게나."

"……감사합니다. 그리고 본 가는 먼저 돌아가려 합니다."

"알겠네."

황보경이 얼마나 힘든 결단을 내렸는지 잘 알기에 천강은 물론이고 모두가 순순히 받아들였다.

이윽고 황보경은 떨리는 손으로 아들의 시신을 수습하고는 대회의실을 나섰다.

"자식 농사가 참 쉽지 않아."

천강이 씁쓸한 목소리로 중얼거렸다.

합당한 처벌을 내렸지만 그럼에도 뒷맛이 쓴 건 어쩔 수 없었다.

특히 황보경의 뒷모습이 그의 뇌리에 강하게 남았다.

하지만 배신자는 군부에서도 즉결심판할 정도로 매우 큰 죄이기에 제아무리 황보태석이라 할지라도 면죄를 받는 건 불가능했다.

거기다 한 곳도 아니고 네 곳을 적으로 돌렸기에 죽음은 피할 수 없었다.

황보경 역시 그걸 알기에 포기한 것이었고.

물론 황보태석을 살리는 선택지도 있으나 그럴 경우 아들은 물론이고 가문이 풍비박산 날 게 분명했기에 황보경으로서는 이성적으로 판단할 수밖에 없었다.

"제자 농사도 마찬가지야. 그나저나 이대로 가만히 있으려나 모르겠네."

"가만히 안 있으면?"

"열 길 물속은 알아도 한 길 사람 속은 모르는 법이야. 지금은 힘이 부족하니 참겠지만 나중에는 모를 일이지."

심홍이 나지막하게 말했다.

자식을 낳아 보지는 못했으나 짐작은 가능했다.

제자도 어떻게 보면 자식이나 마찬가지였기 때문이다.

"맞아. 사람 속은 당사자 말고는 아무도 모르는 법이지. 하지만 그렇게 된다 하더라도 난 후회 없어."

"저도 마찬가지입니다. 그리고 명분이 있는 쪽은 우리지요."

대화를 듣고 있던 남궁수가 싸늘한 어조로 말했다.

황보태석만 처벌하고 넘어가 주는 것만으로도 그는 많이 양보한 것이었다.

만약 황보세가가 아니라 다른 곳이었으면 황보태석은 물론이고 속한 가문도 지워 버렸을 것이었다.

"무당은 걸어오는 싸움을 피하지 않습니다."

"개방 역시 마찬가지입니다. 뭐, 그 전에 하성이 선에서 정리될 것 같지만요."

그리고 그건 무율과 이춘상도 같은 생각이었다.

복수를 선택하는 건 황보세가의 자유였다.

하지만 그 대가는 확실하게 치러야 할 것이었다.

"나는 왜 빼먹어? 나도 엄연히 피해자인데."

"넌 아무래도 하성이나 나에 비하면 무게감이 조금 떨어지잖아?"

"하성이는 몰라도 너한테는 아니지."

현광이 단호하게 고개를 저었다.

냉정하고 객관적으로 평가해서 유하성은 인정했다.

그러나 이춘상은 아니었다.

지금까지의 전적이 증명하기에 현광은 이춘상의 말을 인정할 수 없었다.

"굳이 두 사람까지 나설 일이 있나. 사위랑 나만 나서도 끝인데."

"저도 있습니다."

"그럼 무율 장문인까지 셋. 우리 셋이면 뭐, 더 말이 필요한가?"

이춘상과 현광, 무율을 차례대로 바라본 남궁수가 어깨를 으쓱거렸다.

황보세가가 역사와 전통을 가진 명문세가라 하나 이 정도 전력이면 멸문시키는 것도 불가능하지만은 않았다.

"다들 너무 앞서갔어. 아직 벌어지지 않은 일을 가지고. 조짐이 보이기 전까지는 다들 자제하라고."

"알겠습니다."

"볼일은 다 봤으니 이만 해산하자고. 다들 정신적으로 피로할 텐데. 나는 노구라 앉아 있는 것만으로도 힘들어."

천강이 대표로 자리를 파했다.

배신자를 엄벌했으니 할 일은 끝난 셈이었다.

다행히 큰 문제 없이 일이 끝났기에 천강이 제일 먼저 몸을 일으켰다.

"오늘 푹 쉬고 내일 마저 회의합시다."

거기에 각현이 거들었다.

이윽고 대회의실에서 사람들이 빠르게 빠져나갔다.

어둠이 사위에 짙게 내린 시각.

유하성의 방은 등불로 은은하게 밝아져 있었다.

늦은 시간임에도 아직 잠자리에 들지 않은 것이었다.

끼이익.

차를 마시던 유하성이 창문을 열었다.

그러자 선선한 밤공기가 방 안으로 들어왔다.

"잠 못 자는 사람들이 많네."

곳곳에 불이 켜져 있는 모습에 유하성이 피식 웃었다.

전투가 끝난 지 이틀이 지났음에도 그 여운이 남아 있는 듯해서였다.

하지만 그렇다고 해서 전쟁이 끝난 건 아니었다.

중원무림은 침공을 막아 낸 것뿐이었다.

"혈불."

유하성은 무지막지하다는 표현이 절로 떠오를 정도의 무

위를 보여 주던 혈불을 떠올렸다.

귀단문주로 인해 천하제일인이라는 칭호가 색이 바래긴 했으나 그럼에도 각현은 중원에서 제일 강한 무인이었다.

그런데 그 각현을 어린아이처럼 만든 게 혈불이었다.

심지어 육체가 노쇠했음에도 혈불은 물론이고 마불과 괴불도 막강한 무위를 선보였다.

유하성은 그게 놀라웠다.

동시에 나이에 대해서 다시 한번 생각하게 되었다.

"절대적이지 않다는 거지."

더불어 서장무림의 발전에 대해서도 새삼 생각하게 되었다.

유하성이 듣기로 천하무공의 중심은 중원이었다.

중원제일인이 곧 천하제일인이었다.

그러나 이번 일로 유하성을 비롯해서 많은 무인들의 고정관념이 깨졌다.

"심지어 서장제일인은 포달랍궁의 궁주이지."

혈뇌음사가 포달랍궁 못지않은 영향력을 서장에서 행사한다고 하나 누가 뭐래도 서장 최고의 문파는 포달랍궁이었다.

그리고 대외적으로도 혈불보다는 포달랍궁주를 더 윗줄에 놓았다.

때문에 유하성은 생각이 많아졌다.

물론 일시적인 현상이라고도 볼 수 있으나 그렇다고 안심

할 수는 없었다.

"갈 길이 멀어."

각현조차도 따라잡지 못했는데 그보다 더한 고수인 혈불이 등장했다.

거기다 혈불보다 더한 강자가 있을지도 몰랐다.

하지만 유하성은 두려움보다는 호승심이 일었다.

최고의 자리에 오르기 위해서는 수많은 난관과 장애물을 넘어야 했다.

쉽게 생각하면 각현이라는 벽에 새로운 벽들이 추가된 것뿐이었다.

어쩌면 중원이 제일이라는 오만함을 깨우쳐 주기 위해 혈불이 나타난 것일지도 몰랐다.

스윽.

거기까지 생각한 유하성은 침상 위로 올라가 가부좌를 틀었다.

이번 전투를 복기하기 위해서였다.

특히 유하성은 혈불의 무공에 대해서 집중적으로 곱씹었다.

적이지만 배울 게 있다면, 참고할 게 있다면 유하성은 망설이지 않을 생각이었다.

'어떻게 보면 내가 가야 할 길을 먼저 걸어간 이니까.'

그렇다고 혈불이 갔던 길을 똑같이 따라갈 생각은 눈곱만큼도 없었다.

서로 익힌 무공이 다르기도 하거니와 추구하는 방향도 달랐다.

다만 혈불과 괴불이 걸어간 길을 참고할 수는 있었다.

유하성이 목표로 한 경지에 가기 위한 중간기착점 정도로 말이다.

'그곳에 닿는다면…….'

예전에는 막연히 천하제일인을 꿈꿨었다.

하지만 경지가 높아질수록 유하성의 목표는 뚜렷해졌다.

그리고 확신했다.

목표로 한 경지에 닿는다면 진정한 천하제일인이 될 수 있을 거라고 말이다.

황보세가주인 황보경이 빠졌으나 그의 빈자리는 대회의실에서 보이지 않았다.

워낙에 많은 이들이 모였기에 한 명 빠진 걸로는 티가 나지 않았던 것이다.

"다 모인 것 같으니 슬슬 회의를 시작하겠습니다."

집주인인 당민후의 말에 삼삼오오 대화를 나누던 수장들이 일제히 입을 다물었다.

그러고는 각현과 천강, 심홍을 쳐다봤다.

아무래도 세 사람의 배분이 가장 높았기에 자연스레 시선이 모인 것이었다.

"아미타불. 장문인이 말하는 게 낫지 않겠소이까?"

"나에게 떠넘기는 건가?"

"장문인이 말을 제일 잘하지 않소이까."

"흐음."

각현의 말에 천강이 떨떠름한 표정을 지었다.

이리 말하니 대답할 게 궁색해져서였다.

동시에 명천과 취선이 떠올랐다.

두 사람이 있었으면 굳이 그가 입을 열지 않아도 되었을 텐데 안타깝게도 이 자리에 둘은 없었다.

"꼭 누가 주도할 필요가 있겠어요? 중요한 건 누가 가고, 누가 남을지인데."

"하긴."

조용히 듣고 있던 심홍이 입을 열었다.

이번 회의의 주제는 어떻게 보면 딱 한 가지였다.

그러니 누가 주도하고 말고 할 것도 없었다.

자유롭게 의견을 내고, 결정하면 되었다.

"꼭 서장만 있는 것도 아니고요. 대막에도 가야죠."

"맞아. 백랑성도 이대로 넘어갈 수는 없지."

"아미타불."

각현의 불호를 들으며 천강이 고개를 주억거렸다.

외세의 침공을 무사히 막아 냈으니 이제는 반격할 차례였다.

자고로 싸움을 끝낼 권리를 가진 건 승리한 쪽이었다.

그리고 천강은 이대로 무사히 침공을 막아 낸 것에 만족할 생각이 없었다.

"바로 진격하실 생각이십니까?"

"그래야 하지 않겠나. 마침 다 모여 있기도 하고. 설마 이대로 끝낼 생각인 건가?"

"아뇨. 저 역시 중원을 침략한 죄를 물어야 한다고 생각합니다. 다만 이렇게 곧바로 출발할 줄은 몰라서 여쭌 겁니다."

하북팽가주가 황급히 손사래를 쳤다.

따지기 위해서가 아니라 순수하게 궁금해서였다.

"굳이 시간을 끌 필요 있겠나? 이렇게 모여 있는 것 자체가 다 돈인데. 이왕이면 속전속결로 끝내는 게 좋지 않겠나?"

"맞습니다. 그럼 인원을 어떻게 나누실 생각이십니까?"

"그건 제갈가주에게 물어봐야지."

천강의 시선이 제갈민에게로 향했다.

아무래도 이런 쪽의 일은 제갈민이 적격이라고 생각해서였다.

그런데 다들 같은 생각인지 군말 없이 제갈민을 바라봤다.

"규모가 얼마나 될지 모르겠으나 일단은 자원자부터 확인해 봐야 하지 않겠습니까."

"하긴. 모두가 같은 생각일 리는 없으니까."

복수심에 불타오르는 이들도 있지만 그렇지 않은 이들도 분명히 있었다.

현실적인 문제를 떼 놓고 볼 수 없어서였다.

특히 군소방파나 중소세가의 경우 재정적으로 힘들 수도 있기에 천강은 강요하기보다는 일단 자원자부터 확인하는 게 낫다고 생각했다.

하지만 그렇다고 해서 잉여자원들을 놀릴 생각은 없었다.

"그 전에 제 사견을 좀 말해도 되겠습니까?"

"얼마든지."

천강은 물론이고 주위의 다른 이들도 고개를 끄덕였다.

다른 이들도 아니고 제갈민의 말이라면 들어서 나쁠 게 없다고 생각해서였다.

"개인적으로 저는 이번 서장원정에 유 공자와 이 대협, 현광 도장이 꼭 참여했으면 좋겠습니다."

"이유가 뭔가?"

"보여 주기 위해서입니다."

제갈민의 대답에 천강과 각현, 심홍도 두 눈 가득 의문을 띠었다.

뭘 보여 준다는 건지 알 수가 없어서였다.

"보여 준다고? 뭘 말인가?"

"중원무림의 미래를 서장무림에 보여 줄 필요가 있다고 생각합니다. 향후 중원무림을 이끌어 갈 무인은 누가 뭐래도 세 사람이지 않습니까."

"흐음."

천강이 턱을 쓰다듬었다.

어떤 의미인지 이제야 이해가 간 것이었다.

그런데 그때 심홍이 조금 토라진 표정으로 입을 열었다.

"제 제자는 왜 뺀 건가요?"

"문주님께서 생각하신 이유로 포함하지 않은 게 아니니 오해하지 말아 주셨으면 좋겠습니다. 사천성에서 서장이야 가깝지만 보타문에서는 멀지 않습니까. 여기까지 와 주셨는데 서장까지 부탁드리는 건 너무 염치가 없어서 말을 하지 않은 것입니다."

"정말인가요?"

"예. 나 소저가 함께해 준다면 저는 좋지요. 천군만마를 얻은 것이나 마찬가지니까요."

심홍의 심유한 눈빛을 마주하며 제갈민이 대답했다.

거짓이라고는 전혀 없는 맑은 그의 눈빛에 심홍은 표정을 풀었다.

말에 날을 세우기는 했으나 제갈민의 성격에 대해서는 그녀도 잘 알고 있었다.

만약 나지연이 부족해서였다면 에둘러서라도 말했을 터였다.

"저는 참여하고 싶어요, 사부님."

"그래?"

"네. 이번이 아니면 제가 언제 또 서장에 가 보겠어요?"

"그렇긴 하지."

심홍이 느릿하게 고개를 주억거렸다.

보타문이 있는 절강성은 중원에서 동쪽 끝이라고 해도 과언이 아니었다.

그리고 서장은 서쪽 끝에 있었다.

각 방향의 끝에 위치한 만큼 사실상 이번이 처음이자 마지막 서장행이 될 수도 있었다.

"사문을 위해서도, 저를 위해서도 나쁘지 않다고 생각해요."

"맞아. 경험은 값을 매길 수 없는 자산이니까. 나 역시 사천성은 몇 번 와 봤어도 서장에는 가 보지 못했으니까."

제자의 말에 심홍은 마음이 슬슬 기울었다.

오랜 세월을 살아온 그녀이지만 정작 서장에 가 본 적은 없었다.

이제 가기에는 나이를 너무 많이 먹었고 말이다.

혈뇌음사의 잔당을 처리하는 만큼 위험할 수도 있으나 그렇기에 얻는 것 또한 많을 터였다.
"저 혼자만 가는 것도 아니고요."
"저도 합류할 생각입니다."
"제갈세가주도요?"
"네. 주가 되는 건 세 사람이지만 그래도 책임자는 필요하니까요."
제갈민이 같이 갈 거란 말에 심홍은 물론이고 천강과 각현도 놀랐다.
그러나 한편으로는 안도하기도 했다.
아이들만 보내는 것보다는 제갈민이 함께 가는 게 여러모로 나아서였다.
"나와 내 아들도 간다."
"자네도?"
"총사령관도 있어야지. 그렇다고 어르신들을 보낼 수도 없고."
남궁수가 장난스럽게 웃었다.
또한 제갈민이 말한 취지에 그의 아들도 부합했다.
유하성이나 이춘상, 현광에 비하면 조금 부족하기는 하나 남궁준 역시 중원무림을 대표하는 후기지수였다.
한때는 최고라 불렸던 구룡 중 한 명이기도 했고.
"늙다리 취급 하는 게냐?"
"그럴 리가요. 굳이 무리하실 필요가 없다는 겁니다. 저희가 서장을 정벌하러 가는 것도 아니고 혈뇌음사만 징벌하러 가는 것이니까요. 그렇다고 너무 젊은 애들만 보내면 위험하니 대표로 제가 가겠다는 말입니다."

"하긴."

천강이 수긍했다.

검제라면 확실히 총사령관직을 맡기에 부족함이 없어서였다.

혈뇌음사를 징벌하겠다는 명분이 있기는 하나 중원이 아닌 서장이기에 상황이 어떻게 흘러갈지는 아무도 몰랐다.

만약을 대비해 남궁수가 함께 간다면 천강도 마음이 놓였다.

"나 역시 갈 것이네. 본 가는 받은 만큼 갚아 주는 게 철칙이라."

"자네는 사천성에 남아서 정리를 하는 게 낫지 않나?"

"서장 정도는 충분히 다녀올 수 있네. 본 가 말고도 청성파와 아미파가 있고."

남궁수의 말에 당민후는 단호하게 고개를 저었다.

혈채는 피로 갚아야 했다.

몸이 정상이 아니라고 하나 싸우지 못할 정도는 아니었다.

아니, 모든 걸 다 떠나서 그가 참을 수 없었다.

"가능하다면 본 파는 남았으면 합니다. 서장까지 제자들을 보내기에는 여력이 안 됩니다."

"저희도 남을 수 있다면 남고 싶습니다."

살기등등하게 두 눈을 번뜩이는 당민후와 달리 아미파와 청성파의 장문인이 조심스럽게 손을 들어 올리며 말했다.

이번 전투로 인해 피해가 컸기에 도저히 여력이 나지 않아서였다.

"그럼 하오문주를 지원했던 하오문도들을 색출해 주셨으면 합니다."

"색출 말입니까?"

"예. 사천성뿐만 아니라 중원 전역을 다 뒤질 생각입니다. 다시는 이런 일이 벌어지지 않게요."

"으음!"

제갈민의 말에 청성파 장문인의 미간이 좁혀졌다.

그러나 거부할 수는 없었다.

서장으로 제자들을 안 보내겠다고 했는데 이것마저 거절하면 좋지 않은 눈초리가 쏟아질 게 분명해서였다.

청성파만큼은 아니지만 다른 문파들과 가문들도 이번 전쟁으로 입은 피해가 상당했다.

"청성파와 아미파에만 부탁드리는 게 아닙니다. 다 같이 해 주십사 부탁드리는 겁니다. 그렇게 하면 생각했던 것보다 큰 힘이 들지는 않을 겁니다. 또 지금이 아니면 할 수 없는 일이기도 하고요. 시간이 흐르면 색출하기가 더더욱 어려워질 겁니다."

고민하는 청성파 장문인을 향해 제갈민이 어르고 달래듯이 말했다.

그러면서 대회의실에 모여 있는 다른 이들과 눈을 마주쳤다.

누구는 서장에 가고, 누구는 중원에서 편히 쉬는 건 형평성에 맞지 않았다.

할 일도 많았고 말이다.

"알겠습니다. 그럼 아미파와 함께 하오문을 정리하겠습니다."

"흑점도 같이 부탁드리겠습니다. 개방이 도와준다면 어렵지는 않을 겁니다."

제갈민이 그리 말하며 이춘상을 바라봤다.

개방의 후개인 만큼 이 자리에서는 이춘상이 결정권을 가지고 있어서였다.

"저희가 하는 일이 엄청 많은 것 같은데요. 이건 형평성에 어긋나는 것 같습니다."

이춘상이 씨익 웃으며 말했다.

하지만 따지는 건 절대 아니었다.

그저 개방이 이만큼 하는 일이 많다는 걸 알아 달라는 투였다.

"알고 있습니다. 그래서 상응하는 대가를 십시일반 모아서 개방에 드릴 생각입니다."

"아시죠? 저희는 돈 같은 거 필요 없습니다."

"물론입니다."

제갈민이 걱정 말라는 듯이 대답했다.

개방도들이 무엇을 좋아하는지는 잘 알아서였다.

그리고 그게 제갈민이나 다른 무문과 방파 들의 수장들도 편했다.

"백랑성에는 누가 갈 텐가?"

"제가 가겠습니다."

"본 가 쪽에서도 가까우니 팽가도 합류하겠습니다."

서장과 사천성이 얼추 정리되는 듯하자 천강이 화제를 전환했다.

아직 논의해야 할 부분이 남아 있어서였다.

"종남도 백랑성으로 가겠습니다."

"소림도 대막으로 제자를 보내겠소."

"공동도 합류하겠습니다."

모용세가와 하북팽가에 이어 종남파, 소림사, 공동파가 합류했다.

지역적으로 대막에 가까운 이들이 나섰던 것이다.

"좋아. 한 번에 몰아치자고. 정신을 차리지 못하도록. 그래서 확실하게 뿌리 뽑자. 다시는 이런 일이 벌어지지 않도록."

천강이 두 눈을 형형하게 빛냈다.

이 굴욕을 절대 잊지 않겠다는 듯이 말이다.

동시에 다짐했다.

지금보다 더욱 강한 화산파를 만들겠다고 말이다.

혈뇌음사라는 이름답지 않게 요새와도 같은 모습을 하고 있는 건축물을 보며 유하성은 두 눈을 살짝 크게 떴다.

사찰이라기보다는 철옹성이라는 생각이 먼저 들어서였다.

옆에 있던 현광도 같은 걸 떠올린 모양인지 토끼 눈을 하고 있었다.

"신기하네요. 확실히 서장은 서장인가 봐요. 되게 이국적인 양식으로 지어졌어요."

반면에 동쪽 땅끝, 정확하게는 섬에서 생활하는 나지연은 신기하다는 표정이었다.

서장이 처음이기도 했지만 다른 곳과도 차별되는 규모와 양식에 눈을 빛내며 이곳저곳을 살펴봤다.

"혈뇌음사는 역사가 꽤 오래되었습니다. 정확한 시기는 아무도 모르지만 통설적으로 포달랍궁과 비슷하게 등장했다고 보고 있습니다."

"파문제자들이 모여 만들었다고 하니 그렇겠네요."

"세간에는 포달랍궁의 파문제자들이 모여서 만들었다고

알려져 있는데, 실상은 조금 다릅니다. 주체가 된 건 맞지만 다른 무문과 방파 들의 파문제자들도 적지 않았습니다. 서장은 땅덩어리가 넓은 지역이니까요. 순수하게 크기만 보자면 사천성과 운남성을 합친 것보다 큽니다."

이춘상의 자세한 설명에 나지연이 고개를 주억거렸다.

이렇게 말해 주니 이해가 바로바로 되었다.

더불어 새삼스러운 눈으로 이춘상을 바라봤다.

가벼운 언행으로 인해 촐싹댄다고 생각했는데 이런 면모도 있자 나지연은 살짝 놀랐다.

"널찍한 땅만큼 문파들도 많다네. 포달랍궁이 맹주 역할을 하나 저력이 있는 문파들이 꽤 많지. 하지만 그럼에도 불구하고 혈뇌음사가 유지되었던 건 강했기 때문이네."

"강하니까 다른 문파들이 함부로 공격하지 못했단 말씀이시죠?"

"맞네. 포달랍궁조차 건들지 못할 정도였으니 다른 설명은 필요 없겠지?"

"삼불이 있으면 그럴 것 같아요."

제갈민의 부연 설명에 나지연이 질린 표정을 지었다.

그 정도로 삼불이 보여 준 무위는 압도적이었다.

특히 삼불의 우두머리라 할 수 있는 혈불은 공포 그 자체였다.

나지연도 담력이 제법 센 편인데도 혈불에게는 달려들 엄두가 나지 않았었다.

"그러나 지금 이곳에 삼불은 없지요."

"우리가 온다는 소식에 도망친 이들이 꽤 많다고 들었는데, 그럼에도 숫자가 많은 것 같습니다."

현광의 시선이 혈뇌음사 곳곳을 훑었다.

대놓고 진군을 했기에 백도무림이 이곳에 오는 걸 모르는 이들은 없었다.

그런데도 도망가지 않고 결사항전을 준비하는 이들이 꽤 많았다.

"도망친 놈들도 전부 잡을 거야. 어느 정도 파악이 되기도 했고."

"서장에도 개방도들이 있나?"

자신만만하게 말하는 이춘상을 향해 유하성이 물었다.

중원에서야 산골 벽촌에도 거지가 있다지만 서장은 달랐다.

엄연히 새외무림에 속해 있는 지역이었기에 유하성은 고개를 갸웃거렸다.

"당연히 없지. 하지만 궁하면 통한다고 다 방법이 있지. 엄밀히 따지자면 네 덕분이긴 한데."

"금와장에서 도움을 주었다네. 서장에 개방도는 없지만 상인들은 많거든."

"아."

“흑점과 하오문에게 당한 게 있어서인지 상당히 적극적으로 도와주었다네. 물론 비밀리에. 알려져서 좋을 건 없으니.”

“그렇겠죠.”

유하성은 고개를 끄덕였다.

영원한 적도, 동료도 없는 건 상인들도 마찬가지였으니 굳이 적을 만들 필요는 없었다.

명분이 있더라도 말이다.

그렇기에 비밀리에 도와준다는 사실에 섭섭해하기보다는 오히려 고마워했다.

“이번 기회에 금와장이 얻는 것도 적지 않을 걸세. 흑점이 쥐고 있던 게 적지 않을 테니.”

“시작은 흑점이 했습니다.”

“맞아. 결국 자업자득이지.”

제갈민은 가뜩이나 상계를 주름잡고 있는 금와장의 영향력이 더 커지는 게 염려되었으나 지금으로서는 방법이 없었다.

또 도움을 받는 입장에 뭐라고 말하기도 애매했고.

아마도 황만덕은 여기까지 생각했을 터였다.

‘수완이 대단해.’

상인이지만 제갈민은 한 명의 인간으로서 황만덕을 존경했다.

가업을 키우는 것도 힘들지만 유지하는 건 더더욱 힘들었다.

역사가 그걸 증명했기에 황만덕 역시 중원의 거인이라 칭해도 이상하지 않았다.

꽈아아앙!

"역시 시작은 남궁 대협이시네."

"언제 봐도 시원시원하네. 그냥 힘으로 때려 부수니."

어검술로 단단한 철문을 그냥 부숴 버리는 남궁수의 모습에 현광이 실소를 흘렸다.

남궁수답다는 생각이 들어서였다.

그리고 그건 이춘상 역시 마찬가지인 듯 히죽 웃고 있었다.

"우리도 가세나."

"예."

시작은 남궁수였으나 가장 큰 활약을 하는 건 당민후를 비롯한 사천당가의 독인들이었다.

독공의 무서움을 몸으로 느끼게 해 주겠다는 듯이 사천당가의 무인들은 본가에서 챙겨 온 독들을 모조리 하독했다.

귀한 극독은 아꼈지만 다른 곳도 아니고 독으로 유명한 사천당가의 절독이었다.

마음먹고 뿌리는 독에 정문을 중심으로 혈뇌음사의 혈승들이 하나같이 목을 부여잡았다.

"우웨애액! 우웩!"

"콜록! 흐으읍!"

호흡곤란은 기본이고 구토를 하거나 칠공에서 피를 쏟는 이들이 빠르게 번져 나갔다.

사천당가가 포함되어 있다는 사실을 알고 각자 피독주를 구하긴 했으나 애초에 피독주는 고가의 물품이었다.

또한 고급품이라고 해도 모든 독을 다 막아 주지는 않았다.

게다가 당민후는 제갈민이 사천성에서 보여 준 계책을 그대로 이용했다.

"흐읍!"

"으으으!"

구토제와 설사제를 아낌없이 사용했던 것이다.

어떻게 보면 기만책이라 할 수 있었으나 당하는 이들한테는 그렇게 굴욕적이고 수치스러울 수가 없었다.

특히 사천당가에서 제조한 특제 설사제를 흡입한 혈승들은 하나같이 괄약근이 힘을 바짝 주고 도망쳤다.

아무리 전투 중이라지만 바지에 똥을 지리면서까지 싸우고 싶어 하는 이들은 없었다.

푸욱! 푹!

등짝에 화살이 박히더라도 말이다.

게다가 제갈세가의 현천대가 쏘는 화살은 백발백중이었

다.

그간의 전투로 이제는 손발이 척척 맞는 걸 넘어 영혼의 단짝이 되어 있었다.

"혼자만 죽지는 않는다!"

뿌지직!

물론 모두가 다 엉덩이에 힘을 빡 주고 도망치지는 않았다.

앞서 물러난 이들이 등과 뒤통수에 화살이 박히는 걸 보고 다른 혈승들은 모든 걸 내려놓고 달려들었다.

항문에서 대변이 흘러나오는 걸 느끼면서도 공격해 왔던 것이다.

그러나 이판사판이라는 듯이 달려든 이들은 채 가까이 다가오기도 전에 사천당가의 무사들이 날린 암기에 적중되어 한 줌 독수로 화했다.

"쓸어버려라!"

"우리도 가요!"

거기에 해남파와 보타문의 무인들이 밀물처럼 진격했다.

사천성을 넘어 혈뇌음사까지 온 것이었다.

보타문의 경우 심홍 대신 나지연이 이끌었으나 그 기세는 해남파에 전혀 밀리지 않았다.

"이놈들이 감히 이곳이 어디라고!"

"단 한 놈도 살려 보내지 않으리라!"

독으로 인해 초반의 기세를 잡은 백도무림의 공세는 매서웠다.

하지만 혈뇌음사도 순순히 당하지만은 않았다.

아무리 정예가 중원에서 전멸했다고 하나 혈뇌음사는 포달랍궁도 선불리 건드리지 못하는 거대 세력이었다.

그런 만큼 남아 있는 전력 역시 만만치 않았다.

뻐어어엉!

다만 문제는 이쪽의 전력도 무시무시하다는 점이었다.

일단 검제와 독제가 마음먹고 날뛰기 시작하자 제아무리 혈뇌음사의 전대 고수들이라도 힘을 못 썼다.

삼불에게는 고전했던 두 사람이었으나 반대로 말하면 삼불을 제외하면 상대가 없다는 뜻이었다.

"크하하하! 이 몸이 바로 옥면권왕(玉面拳王)이니라!"

"아이고."

짐짓 호탕하게 웃으며 소리치는 이춘상의 모습에 현광이 검을 휘두르다 말고 얼굴을 붉혔다.

민망해도 그렇게 민망할 수가 없어서였다.

물론 친구의 마음은 충분히 이해가 갔다.

유하성이 진즉부터 패왕이라 불리며 무명을 공고히 다져가자 제 딴에는 조급해졌을 터였다.

친구로서 현광 역시 그 마음을 충분히 이해할 수 있었다.

티를 내지 않아서 그렇지 그 역시 유하성이 부러운 건 사실이었다.

하지만 아무리 그래도 스스로 별호를 짓는 건 아니었다.

콰아앙!

그런데 현광이 부끄러움에 몸서리치는 것과 달리 이춘상의 활약은 대단했다.

혈뇌음사의 혈승들을 썩은 짚단 베어 넘기듯이 손쉽게 학살했다.

그의 파옥권을 제대로 받아 내는 이가 없었던 것이다.

"차합!"

그리고 나지연의 활약도 대단했다.

이춘상에게 뒤지지 않는 무위를 선보이며 혈승들을 추풍낙엽처럼 쓰러뜨렸다.

마치 누가 많이 도륙하나 내기라도 한 것처럼 두 사람은 쉴 새 없이 죽여 나갔다.

'나도 질 수 없지.'

현광의 눈빛이 착 가라앉았다.

친구지만 경쟁에서 뒤처질 마음은 전혀 없었다.

오히려 누구보다 이기고 싶은 게 솔직한 심정이었다.

최소한 2등은 되어야 1등에게 당당히 도전할 수 있을 테니까.

'화산검왕이라. 나쁘지 않은데.'

동시에 현광의 뇌리에 네 글자가 떠올랐다.

유하성은 무당패왕이고 이춘상은 옥면권왕이니 자신은 화산검왕 정도가 적당할 듯싶었다.

츠츠츠츠!

하지만 잡생각과 달리 현광의 검은 매서웠다.

짙은 매화향을 흩뿌리며 자색의 검강이 주변을 휩쓸었다.

"흐음."

친구들이 격렬하게 싸우는 것과 달리 유하성은 딱히 할 일이 없었다.

다들 워낙에 잘 싸우고 있기에 그가 나설 일이 없었던 것이다.

원로라고 할 수 있는 전대 고수들이 있었으나 삼불처럼 무시무시한 무위를 지니고 있지는 않았다.

딱 나이에 맞는 노쇠한 육신을 가지고 있다고나 할까.

"끄륵!"

"어이쿠!"

전성기 시절의 육신을 어느 정도 유지하고 있던 삼불과는 너무나 수준 차이 나는 실력에 남궁수와 당민후를 막을 수 있는 존재가 없었다.

거기다 해남파의 문주도 상당한 실력자였다.

거의 천하십대고수급의 무위를 지니고 있었는데 그래서인지 그의 검을 제대로 받아 내는 이가 없었다.

"단 한 놈도 놓치지 마라! 도망치는 놈들부터 처리해!"

거기에 제갈민이 전체적인 지휘를 맡아서 하니 도망치고 싶어도 도망칠 구멍이 없었다.

남궁세가와 사천당가의 무사들이 전장을 휘저으면 제갈세가의 현천대는 그걸 기가 막히게 이용했다.

따로 손발을 맞춘 적이 없지만 제갈민이 그때그때 상황에 맞게 지휘함으로써 전술적 효과를 극대화했던 것이다.

심지어 부상자는 있어도 사망자는 없었다.

"히이익!"

그리고 몇몇은 달려오다가 유하성을 보고는 대경실색했다.

마치 그의 얼굴을 알고 있는 것처럼 말이다.

똥오줌을 지리지는 않았지만 얼굴을 보기 무섭게 반대편으로 도망치는 혈승들을 향해 유하성은 가볍게 손가락을 튕겼다.

공격하지 않는다고 해서 살려 둘 생각은 없어서였다.

"컥!"

혈뇌음사의 침공으로 인해 죽은 이들이 한두 명이 아니었다.

그중에는 무당파의 제자들도 있었던 만큼 유하성은 목숨

이 경각에 달린 이들을 중심으로 손을 썼다.

쿠웅!

"부, 분하도다……!"

"분하기는. 애초에 중원을 넘보지 않았다면 이런 일도 없었다. 자업자득이니 억울해할 것 없어. 그냥 죗값을 치른다고 생각하고 죽어."

"그륵!"

마지막까지 남아 있던 노승이 두 눈을 부릅뜬 채로 죽었다.

말한 대로 분해서인지 피투성이의 노승은 무릎은 꿇었으되 쓰러지지는 않았다.

"꼴에 자존심은."

그 모습에 남궁수가 심장에 박혀 있던 검을 뽑으며 냉소를 흘렸다.

적반하장도 이런 적반하장이 없어서였다.

"고생하셨습니다."

"이 정도 가지고 고생은 무슨. 여기까지 온 게 고생이지. 그나저나 미리 빠져나간 이들도 추격해야지?"

유하성의 말에 남궁수는 고개를 저었다.

삼불 같은 고수가 있지는 않을까 걱정했었는데 괜한 우려였다.

제법 괜찮은 실력자는 있었으나 그에 비견될 만한 강자는 없었다.

그렇기에 남궁수는 안도 반, 아쉬움 반의 표정으로 제갈민을 쳐다봤다.

"포달랍궁이 나서지 않는다면 구 할은 처리할 수 있을 것이네."

"구 할이면 충분하지. 어차피 여기를 싹 다 날려 버려도 또 어디선가 똑같은 놈들이 모일 텐데."

남궁수는 어깨를 으쓱거렸다.

애초에 파문제자들이 스스로를 지키기 위해 뭉친 게 혈뇌음사의 시작이었다.

그러니 이곳을 파괴하더라도 시간이 흐르면 제2의 혈뇌음사가 나타날 게 분명했다.

"날려 버리기 전에 전리품은 챙겨야지요. 살림살이가 여유로운 분도 계시지만, 그렇지 않은 분들도 있으니까요. 그리고 죽은 가족들에게 보낼 보상금도 생각해야 하고요."

이춘상이 분위기를 환기시켰다.

혈뇌음사의 잔당을 말살시키는 것도 중요하지만 전리품을 챙기는 것 역시 그 못지않게 중요한 일이었다.

더욱이 규모가 상당한 만큼 보유하고 있는 재산도 상당할 터였다.

"빈 수레일 수도 있어."

"그러니까 더더욱 샅샅이 뒤져 봐야지. 우리를 위해서가 아니라 고생한 사람들을 위해서라도."

눈을 반짝이는 이춘상의 모습에 유하성이 피식 웃었다.

그러나 반대하지는 않았다.

죽은 이들을 되살릴 수는 없었다.

그러니 보상금이라도 넉넉히 주는 게 맞았다.

"전투가 끝나도 쉴 시간이 없구먼."

"전리품 수색은 젊은 사람들이 하겠습니다. 그동안 쉬고 계시죠."

"그럴 수는 없지. 누굴 믿고? 나도 같이할 걸세."

앓는 소리를 하는 남궁수를 향해 이춘상이 기다렸다는 듯이 말했다.

하지만 남궁수는 그 말에 넘어가지 않았다.

말로 듣는 것보다는 직접 보는 게 가장 좋아서였다.

"서두르자고. 해가 지기 전에는 떠나야지. 시체들과 같이 밤을 보낼 수는 없으니."

짝짝!

당민후가 손뼉을 쳤다.

이윽고 사천당가와 제갈세가를 중심으로 수색이 시작됐다.

기관진식에 일가견이 있는 두 가문이니만큼 금세 혈뇌음사가 숨겨 놓은 재산들을 찾아냈다.

그러고는 모든 걸 싹 턴 후에는 불을 질렀다.

"아주 좋아. 내가 이 광경을 보려고 여기까지 왔지."

"이것으로 또 다른 은원이 시작되겠군."

"어쩔 수 없어. 그리고 시작은 혈뇌음사가 먼저 했어."

철옹성과도 같았던 혈뇌음사가 불타올랐다.

처음에는 작은 불꽃이었으나 이내 화마(火魔)는 빠르게 사방팔방으로 번져 갔다.

그걸 보며 남궁수와 제갈민은 알 수 없는 표정을 지었다.

각자 생각에 잠겼던 것이다.

"아마도 우리에게 복수의 칼이 향하겠지?"

"만약 그런 일이 벌어진다고 하더라도 패배하는 건 혈뇌음사일 거야. 이 몸이 중원을 지키고 있을 테니까."

걱정스러운 표정의 현광과 달리 이춘상은 오히려 올 테면 오라는 표정이었다.

지금과 마찬가지로 그때도 박살을 내 주겠다는 듯이 말이다.

그런 이춘상의 모습에 유하성은 그저 고개를 저었다.

"돌아가자."

"그래."

자아도취에 빠져 있는 이춘상을 내버려두고서 유하성은 몸을 돌렸다.

혈뇌음사의 잔당은 개방이 처리하기로 했기에 일행은 망설이지 않고 중원으로 향했다.

올 때와 달리 짐을 한가득 가지고서 말이다.

뉘엿뉘엿 기울어 가는 노을을 바라보며 이소향은 오늘도 처소의 앞마당에 서 있었다.

늘 그렇듯이 사부인 유하성을 기다리는 것이었다.

"내일 오시려나 보다."

푸르릉.

이소향의 말에 옆에 있던 흑풍이 투레질을 했다.

그런데 그녀의 곁에는 흑풍만 있는 게 아니었다.

예쁜이와 황풍이도 있었다.

원래는 이소향 혼자서만 기다렸는데 어느 순간부터 세 마리가 함께 자리를 지켰다.

"흑풍이도 사부님이 보고 싶지?"

푸릉!

이소향의 말에 흑풍이 머리를 크게 위아래로 끄덕였다.

마치 말귀를 알아듣는 것처럼 말이다.

하지만 예쁜이는 아직 그 정도까지는 아닌지 똘망똘망한 눈으로 이소향만 응시했다.

"다행히 크게 다치시지는 않았다고 들었는데……."

거리가 상당했으나 소식은 하루에 한 번씩 전해지고 있었다.

그래서 서장에서 승리한 걸 이소향도 알았다.

그러나 직접 본 게 아니기에 이소향은 두 손을 맞잡고서 무당파의 경내와 연결되는 길목을 하염없이 바라봤다.

푸르르르!

"응? 갑자기 왜 그러니?"

그때 흑풍이 갑자기 고개를 번쩍 들었다.

그러더니 이내 튕기듯이 앞쪽을 향해 달려갔다.

처소의 입구 쪽을 향해서 말이다.

"흑풍아!"

갑자기 뛰쳐나가는 흑풍의 행동에 이소향이 두 눈을 동그랗게 떴다.

하지만 놀란 것과 다르게 이소향의 신형은 어느새 흑풍의 뒤를 쫓고 있었다.

"어?"

흑풍을 따라 달려가던 이소향이 갑자기 멈칫거렸다.

멀리서 익숙한 인영이 보여서였다.

흑풍이 아기처럼 애교를 부리는 모습에 이소향의 눈동자가 흔들렸다.

"잘 지냈니?"

# 제106장 속가장문인

"사, 사부님!"

이소향의 두 눈에 습기가 찼다.

무사히 돌아올 걸 알고 있었지만 그래도 서신으로 보는 것 하고 직접 보는 건 차이가 있을 수밖에 없었다.

더욱이 이렇게 오래 떨어져 있던 적이 처음이었기에 이소향은 울먹거리며 유하성에게 달려가 안겼다.

"역시 사부만 보이는 모양이네. 나는 완전 없는 사람 취급인데?"

"사, 삼촌?"

"이제야 내가 보이는 모양이구나."

이소향의 얼굴이 붉어졌다.

사실 유하성만 보였지 이춘상은 보이지 않았다.

그래서 이소향은 이춘상을 마주 볼 수가 없었다.

"왜 애한테 뭐라고 그래? 흑풍 때문에 가려져서 안 보였을 수도 있지."

"내 키가 그렇게 작지는 않은데 말이지. 근데 뭐, 이해는 해. 나보다는 사부가 먼저 눈에 들어올 수밖에."

푸히히힝!

이춘상이 장난스럽게 웃었다.

이소향의 마음을 다 안다는 듯이 말이다.

그런데 그때 이춘상의 귓가로 익숙한 투레질 소리가 들려왔다.

두두두두!

동시에 힘찬 말발굽 소리가 들려왔다.

바로 이춘상의 애마인 황풍이였다.

"역시 너밖에 없구나!"

흑풍보다는 늦었지만 그래도 마중을 나와 주는 황풍이의 모습에 이춘상이 헤벌쭉 웃었다.

제자는 없지만 반겨 주는 애마가 있기에 이춘상은 기분이 좋아졌다.

"방주님께 인사드려야지. 기다리고 계실 텐데."

"음. 내일 아침에 문안 인사 드리는 게 낫지 않을까?"

"지금 안 가면 새벽에 큰일이 날 것 같은데."

"끄응!"

황풍이를 껴안고서 격하게 쓰다듬던 이춘상이 앓는 소리를 냈다.

유하성의 말대로 될 가능성이 높아서였다.

그렇기에 이춘상은 입맛을 다시며 황풍이와 함께 왔던 길을 되돌아갔다.

"장문인께 인사드려야 하는 거 아니에요?"

"내일 해도 돼. 급한 일도 아니고. 시간이 좀 애매하기도 하고. 그나저나 수련 잘하고 있었어?"

"네. 언니들이랑 열심히 수련했어요. 공부도 열심히 했고요."

안겨 있던 이소향이 살며시 몸을 빼며 재잘거렸다.

그간 있었던 일들을 하나하나 다 말해 주었던 것이다.

유하성은 사소하다고 할 수 있는 내용들을 다 들어 주며 처소를 향해 걸음을 옮겼다.

한데 처소 옆의 숙소를 바라보는 눈빛이 사뭇 진지했다.

무율과 명천보다 먼저 연구동의 사람들과 인사를 나눈 유하성은 조용히 네 사람을 처소로 초대했다.

바로 화산파에서부터 지금까지 이소향의 곁을 지켜 준 네 명의 여인들이었다.

전쟁이 끝났음에도 그녀들은 집으로 돌아가지 않았다.

유하성이 돌아올 때까지 이소향과 함께 있어 주었다.

"무사히 돌아오셔서 다행이에요."

"약속했지 않습니까. 다치지 않고 돌아오겠다고요."

유하성의 대답에 제갈령령이 빙긋 웃었다.

별거 아닌 약속 같지만 전쟁을 치르러 가는 이에게 이보다 더 어려운 약속은 없었다.

"약속을 지켜 주셔서 감사해요."

"소식은 계속해서 전달받고 있었어요."

"서장까지 가실 줄은 몰랐지만요."

남궁희수와 서문예지, 황주연이 차례대로 입을 열었다.

그런데 미소 속에서 언뜻언뜻 불안감이 느껴졌다.

여자의 직감인 것인지 넷 다 본능적으로 느끼는 게 있는 듯해서였다.

그래서 유하성은 단도직입적으로 입을 열었다.

"너무 늦게 말해서 죄송합니다. 그리고 묵묵히 기다려 주셔서 감사합니다. 그러니 앞으로는 제가 네 분을 책임지겠습니다."

"네?"

사과와 고맙다는 말이 동시에 나오자 네 사람이 눈을 동그랗게 떴다.

지금 이게 무슨 말인지 제대로 이해가 안 된다는 표정이었다.

가장 똑똑한 제갈령령마저도 어안이 벙벙한 얼굴로 두 눈을 껌뻑이며 친구와 동생들을 쳐다봤다.

눈빛으로 이해했냐고 물으면서 말이다.

"저와 결혼해 주십시오."

"아……."

이어지는 유하성의 말에 네 명의 여인이 동시에 묘한 탄성을 흘렸다.

그리고 알 수 없는 표정을 지었다.

행복한 건지, 아니면 슬퍼하는 건지 도무지 분간이 되지 않는 표정을 지었던 것이다.

"앞으로는 행복하게 해 드리겠습니다. 좋은 남편, 좋은 아빠, 좋은 가장이 되도록 노력하겠습니다."

뒤는 생각하지 않겠다는 듯이 저돌적으로 속마음을 꺼내 보이는 모습에 제갈령령은 물론이고 황주연, 남궁희수, 서문예지가 어쩔 줄을 몰라 했다.

이런 유하성의 모습은 처음이었기 때문이다.

그러나 중요한 건 이게 싫지는 않았다.

오히려 너무나 감격스러웠다.

그간의 속앓이를 하던 시간이 모두 보상받는 느낌이라고나 할까.

물론 네 명 중 한 명만 고르고, 그게 자신이었다면 더 기뻤겠지만 그게 힘들다는 걸 네 사람 다 알고 있었다.

이제는 정이 들 대로 들기도 했고 말이다.

"농담 아니시죠?"

"제가 이런 걸로 농담할 성격이 아니란 걸 알고 계실 거라 생각하는데요."

"그래도 혹시 몰라서요. 사람이란 절대 변하지 않지만, 또 어떤 계기를 통해서 변하기도 하니까요."

통통 튀는 성격의 소유자답게 남궁희수가 직설적으로 물었다.

다른 여인들이 차마 묻지 못한 걸 대표로 물어봤던 것이다.

"저도 변했습니다. 제가 이런 말을 할 줄은 몰랐거든요. 사실 평생 혼자 살 줄 알았거든요."

"저희도 이렇게 될 줄은 몰랐어요."

"근데 나쁘지 않은 것 같아요. 이렇게 다 같이 사는 게요."

제갈령령과 서문예지가 입을 열었다.

동갑내기 친구답게 서로를 한 차례 바라보며 비슷한 미소를 지었다.

"마지막으로 물어보고 싶은 게 있습니다. 후회하지 않으시겠습니까?"

유하성이 네 명과 차례대로 시선을 마주했다.

아직 기회는 있었다.

이 결혼을 물릴 기회가 말이다.

유하성은 바로 그 점을 짚었다.

“후회할 거라 생각했으면 지금까지 기다리지도 않았을 거예요.”

“맞아요. 진즉에 갈 길을 갔겠죠.”

이번에는 황주연과 남궁희수가 대답했다.

조금도 흔들리지 않는 눈동자로 말이다.

“사실 나이가 많이 차기도 했고요.”

“그래도 아직 우리 죽지 않았어. 원하는 남자들이 얼마나 많은데. 혼담이 줄기는커녕 더 늘었다고.”

“나이대가 꽤 올라갔지만 말이지.”

어깨를 으쓱이는 서문예지를 바라보며 제갈령령이 첨언했다.

인정할 건 인정해야 한다는 말투로 말이다.

“사실 아직도 믿기지 않기는 합니다. 네 분께서 저를 좋아해 주시는 게.”

“그럴 만한 이유가 있으니 그렇지 않겠어요?”

“맞아요.”

“두 사람 다 속물이네. 좋아하는데 이유가 어디 있어?”

“맞아.”

남궁희수가 제갈령령과 황주연에게 눈을 흘겼다.

그리고 서문예지는 은근슬쩍 남궁희수 편을 들었다.

처음에는 유하성의 무위와 능력에 매력을 느꼈지만 지금은 달랐다.

순수하게 유하성을 좋아했다.

"우리를 이렇게 몰아간단 말이지?"

"벌써부터 편 나누기야?"

제갈령령과 황주연이 눈을 부릅떴다.

이렇게 당하고만은 있지 않겠다는 듯이 말이다.

하지만 날 선 말투와 달리 서로를 바라보는 눈빛에는 온기가 담겨 있었다.

"그럼 다들 받아들이시는 걸로 알겠습니다."

"저희야말로 감사해요. 사실 불안했거든요. 이대로 거리가 좁혀지지도 벌어지지도 않고 유지될까 봐요."

"시간은 계속 흘러가고, 별다른 말씀은 없으시고. 사실 마음을 많이 졸였어요."

"근데 이제는 괜찮아요."

"좋게 마무리가 되었으니까요."

유하성 스스로도 쉽지 않은 결정이었으나 그건 네 사람도 마찬가지였다.

다섯 명이서 함께 산다는 건 보통의 마음가짐으로는 할 수 없는 일이었다.

더욱이 사랑하는 남자를 나눈다?

여러 명의 부인을 두는 경우가 없지는 않으나 대부분의 여성은 그걸 원치 않았다.

하지만 그럼에도 네 사람은 받아들였다.

유하성을 놓치는 것보다는 네 명이서 나누는 게 낫다고 생각해서였다.

"가능하다면 혼례는 올해 안에 올릴 생각입니다. 저도 적은 나이는 아니니까요."

"저희는 좋아요."

"근데 언니 아까부터 계속 우리들의 대표처럼 말한다?"

"알았어. 자제할게."

가장 먼저 대답했던 제갈령령이 남궁희수의 지적에 순순히 고개를 끄덕였다.

정실 자리에 욕심이 나지 않는 건 아니지만 정실을 주장하기에는 시기가 애매했다.

그렇기에 예전에 네 명이서 따로 모여 얘기를 나눈 적이 있었다.

만약 혼인을 한다면 어떻게 할지에 대해서 말이다.

"우리는 모두 평등하다는 걸 잊지 말아 주었으면 좋겠어, 언니."

"잘 기억하고 있어."

"……벌써 의견을 나누었던 겁니까?"

"미리 해 두어서 나쁠 건 없으니까요. 싫은 사람은 떠나면 되고요."

제갈령령의 대답에 만족스러운 표정을 짓던 남궁희수가 씨익 웃었다.

이 정도는 기본이라는 듯이 말이다.

유하성은 그 모습에서 이것 말고도 상당히 많은 것들이 자신 몰래 의논되었음을 짐작할 수 있었다.

"제가 진짜 많이 늦었군요."

"괜찮아요. 행복한 결말에 닿았으니까요."

"안 좋은 결말에 닿았어도 유 공자님을 탓하지는 않았을 거예요. 지금의 결정은 온전히 제가 내린 것이니까요."

미안한 표정의 유하성을 향해 남궁희수와 제갈령령이 달래듯이 말했다.

만약 최악의 상황이 닥쳤을지라도 네 사람 모두 유하성을 탓할 생각은 없었다.

선택과 강요는 엄연히 다른 것이었으니까.

그리고 모든 선택에는 책임이 따르는 법이었다.

"안 좋은 건 이쯤에서 털어 내고 미래에 대해서 이야기하죠. 일단 저는 올해 안에 하고 싶습니다만 네 분의 생각은 어떻습니까?"

"저는 좋아요."

"빠르면 빠를수록 좋죠."

"저도 찬성이에요."

"유 공자님의 결정에 따를게요."

묻기 무섭게 곧바로 쏟아지는 대답에 유하성은 고개를 주억거렸다.

다행히 다들 찬성하는 듯해서였다.

"그럼 가장 가까운 곳부터 찾아가겠습니다. 허락을 받아야 하니까요."

"허락……."

네 여인의 얼굴이 붉어졌다.

단순한 두 글자인데 이상하게 가슴이 두근거렸던 것이다.

터지지 않을까 싶을 정도로 빠르게 뛰는 심장에 여인들은 두 손으로 얼굴을 감쌌다.

"저야 혼자지만 네 분은 다르니까요. 날짜도 잡아야 하고. 그래서 말인데 내일 당장 움직일까 하는데 괜찮으시겠습니까?"

"네!"

"얼마든지요!"

어떤 말이든 다 좋다는 듯이 대답하는 네 여인의 모습에 유하성은 빙그레 웃었다.

동시에 묘한 설렘을 느꼈다.

새로운 삶이 시작될 것 같은 느낌이 들었던 것이다.

"이젠 진짜 퇴물 취급이로구나. 나보다 제 여인들을 먼저 찾아가다니."

"정확하게는 제집으로 돌아간 것뿐입니다. 그리고 가장 먼저 만난 건 흑풍이였고, 그다음이 소향이였습니다."

"에잉! 한마디라도 져 주면 어디가 덧나느냐?"

매몰차게 정정하는 유하성의 한마디에 명천이 투덜거렸다.

어째 져 주는 법이 없어서였다.

"틀린 말은 바로잡아야지요."

"그래. 너 잘났다."

"내상은 다 치료되신 겁니까?"

"보면 몰라? 너 정도면 그냥 보면 알잖아?"

"……."

유하성은 입을 다물었다.

아무렇지 않은 듯한 말투와 달리 명천의 몸 상태는 썩 좋지 않았다.

외상이야 다 치료가 되었지만 문제는 내상이었다.

늦어도 반년 정도 요양하면 괜찮아질 줄 알았는데 지금 보니 그렇지 않았다.

"세월은 어쩔 수 없는 법이지. 그게 세상의 이치이고. 나

정도면 그래도 살 만큼 살지 않았더냐. 미련은 없다. 십단금과 면장이 복원되기도 했고."

"삼불의 경우도 있습니다. 셋 다 백 년 넘게 살았음에도 육신이 건재했습니다."

"그건 특이한 경우고."

명천이 피식 웃었다.

그라고 귀가 없지 않았다.

현재 무당산에는 개방주인 취선도 있었고.

다만 문제는 삼불과 같은 경우는 극소수라는 점이었다.

"사백도 할 수 있습니다."

"오래오래 살아서 네 뒷바라지 해 달라고?"

"아니요. 사백을 위해서요."

"됐다. 이제는 욕심도 내려놨어. 무율이 있고, 네가 있으니 나는 유유자적하게 살아도 되지 않겠느냐."

명천이 씨익 웃었다.

방금 전에 한 말처럼 모든 걸 내려놓은 표정으로 말이다.

그래서인지 인상이 예전보다 훨씬 더 부드러워져 있었다.

"짐을 후대에 떠맡기실 생각입니까."

"이 정도면 나도 할 만큼 했지. 안 그러냐? 그보다 새로운 무공을 창안했다며? 그것 좀 보여 봐."

욕심을 내려놓았다고 하나 그렇다고 무공에 대한 관심이 사라진 건 아니었다.

더욱이 유하성이 창안한 무공이 태극혜검과 흡사하단 말을 무율에게 들었기에 명천은 얼굴 가득 궁금한 표정을 지었다.

"그리 대단한 무공은 아닙니다."

"아니긴. 내 무율한테 들은 말이 있는데. 이름은 정했느냐?"

"태극혜권이라 지었습니다. 태극혜검에서 영감을 받기도 했고, 굳이 이름을 거창하게 지을 필요가 없어서요."

"좋구나."

마지막 글자가 달라진 것뿐인데도 명천은 느낌이 좋았다.

그리고 단순히 검으로 펼치던 걸 주먹으로 바꿔서 만든 무공이라고는 생각하지 않았다.

적어도 명천이 아는 유하성은 그랬다.

만약 그랬다면 실전에서 사용하지도 않았을 것이었다.

"너무 기대하지 마시죠."

"왜 기대가 안 되겠느냐? 십단금과 면장을 복원한 네가 만든 무공인데. 더욱이 태극권에 대해서는 네가 무당에서 제일 잘 알지 않더냐? 그런 네가 태극혜검에서 영감을 얻어 만들었으니 최소한 태극혜검 수준은 되겠지."

"일단 보여 드리겠습니다."

"그래그래."

유하성이 올 거라 기대하고 있었기에 명천은 진즉부터 앞뜰에 나와 있었다.

가끔 혼자서 검무를 출 정도로 앞뜰은 제법 넓었기에 공간은 충분했다.

스윽.

앞뜰의 정중앙으로 걸어간 유하성은 자세를 잡았다.

딱히 기수식을 취하지 않고 그저 두 팔을 늘어뜨리고 편안히 섰다.

그런데 그 모습을 명천이 날카로운 모습으로 주시했다.

방금 전에는 촌부처럼 허허 웃던 그가 지금은 무당파의 전대 장문인이 되어 있었다.

스르륵.

가벼운 심호흡과 함께 유하성의 전신이 느릿하게 움직였다.

두 팔과 두 다리는 물론이고 전신이 물 흐르듯이 자연스럽게 움직이며 태극을 그렸다.

한데 그 속도가 엄청나게 느렸다.

지켜보는 사람이 하품이 나올 정도로 느렸는데 의외로 명천의 눈빛은 진지했다.

'허어!'

그리고 속으로 탄성을 내질렀다.

느릿한 유하성의 움직임에서 완숙의 경지를 넘어 극에 이른 태극권이 보여서였다.

그 역시 무당파의 장문인이자 태극혜검의 전승자로서 태극권에는 일가견이 있었다.

하지만 그조차도 지금 유하성이 보이는 수준에는 이르지 못했다.

'한 우물만 판 결과가 저것인가.'

태극권으로 시작한 유하성의 권무는 자연스럽게 진무 태극권, 면장, 십단금으로 넘어갔다.

그 모습에 명천은 자기도 모르게 입가에 미소를 지었다.

운명처럼 명운을 찾아간 날 보았던 권무와 지금의 권무가 겹쳐 보여서였다.

그러나 수준은 천양지차였다.

명운의 마지막을 위로하듯, 그가 살아온 삶을 증명하는 것과도 같았던 권무는 분명 아름다웠고 대단했다.

하나 지금의 권무는 그때보다 훨씬 더 깊어지고 광활해졌다.

'지금부터로군.'

그걸 한눈에 알아본 명천은 감탄에 감탄을 거듭했다.

어째서 유하성이 무당패왕이라 불리는지 몸으로 느낄 수 있어서였다.

그리고 십단금이 끝나고 드디어 태극혜권이 무당산에서 모습을 드러냈다.

"허어!"

느리기에 더욱 선명하게 보이는 초식의 현묘함에 명천은 두 눈을 부릅떴다.

태극을 넘어 무극으로 향해 가는 초식과 투로에 명천은 감탄을 금치 못했다.

지극한 경지로 나아가는 길을 태극혜권이 보여 줘서였다.

또한 이름은 태극혜검과 비슷하지만 추구하고자 하는 무리와 닿고자 하는 경지는 완전히 달랐다.

'닮은 듯하면서 다르구나. 마치 쌍둥이처럼.'

같은 날에 태어나 거의 똑같은 모습을 하고 있으나 성격은 정반대인 쌍둥이처럼 태극혜검과 태극혜권은 달랐다.

그러나 그 극은 같았다.

명천은 그게 보였다.

태극혜검을 극성으로 익히고 있기에 태극혜권의 끝을 볼 수 있었다.

"허허허! 허허허허!"

어느새 자신을 따라잡는 걸 넘어 추월해 가는 유하성의 모습에 명천은 너털웃음을 터트렸다.

이제는 진짜 마음 놓고 무당파를 맡겨도 된다는 생각이 들어서였다.

그래도 몇 년은 자리를 지켜 줘야 하지 않을까 생각했는데 그건 착각이었다.

이미 유하성은 스스로의 무공을 완성한 상태였다.

'대단하구나. 정말 대단해! 이걸 명운이가 보았다면 정말 기뻐했을 텐데…….'

유하성이 이룬 경지에 흐뭇하면서도 명천은 안타까움을 느꼈다.

만약 명운이 살아 있었다면 누구보다 기뻐했을 게 분명해서였다.

먼저 하늘로 돌아간 명운을 떠올리며 명천은 소리 없이 한숨을 내쉬었다.

"후우."

그사이 유하성은 태극혜권의 시연을 끝마쳤다.

초식이 그리 많지 않기에 오랜 시간이 걸리지 않았던 것이다.

"정말 대단하더구나. 어떤 의미에서는 태극혜검보다 더 나았어. 현재의 태극혜검보다 발전된 형태라고나 할까."

"태극혜검도 더 발전할 수 있습니다."

"그럴 테지. 문제는 그게 쉽지 않을 테지만."

"저는 못 합니다."

의미심장한 명천의 눈빛에 유하성은 고개를 저었다.

태극혜검은 장문인과 차기 장문인만 익힐 수 있는 무공이었다.

일개 속가제자인 유하성은 알아서도, 익혀서도 안 되었다.

"조언 정도는 해 줄 수 있지 않더냐? 태극혜검도, 태극혜

권도 똑같이 태극권에서 나온 무공들인데."

"제가 아니더라도 장문사형께서 잘 하실 거라고 생각합니다. 원일도 있고."

"매정한 놈."

"사실 만들고서 걱정을 많이 했습니다. 괜한 무공을 만든 건 아닐까 하고요."

"그런 말 어디 가서 함부로 하지 마라. 욕먹기 딱 좋은 말이니까."

명천이 헛웃음을 흘렸다.

그에게는 배부른 소리로밖에는 들리지 않아서였다.

"어떠셨습니까?"

"내 평가가 필요한 수준이 아니던데. 너도 알고 있잖느냐."

"그래도 오랜 세월 동안 쌓인 식견을 무시할 수는 없으니까요."

"내 조언은 필요 없어. 네가 지금까지 해 오던 대로 하면 된다. 네가 가는 길이 맞는 길이야. 그러니 걱정할 거 없다."

무당파의 전대 장문인이자 한 명의 무인으로서 명천은 진심 어린 조언을 건넸다.

괜히 다른 이의 말을 들을 필요가 없다고 말이다.

"알겠습니다."

"그나저나 세 아이는 정말 죽을 때까지 힘들겠구나. 널 따라잡느라."

"그게 힘들면 포기하면 됩니다."

"말은 쉽지. 나도 칠십이 넘을 때까지 놓지 못했는데."

명천이 피식 웃었다.

포기하면 쉽다는 걸 모두가 알았다.

하지만 문제는 그게 말처럼 쉽지 않다는 것이었다.

그렇다고 유하성이 나태해질 가능성도 희박했다.

'크게 보면 좋은 일이기도 하고. 성장과 발전을 위해서는 경쟁이 필수이니까.'

삼불의 등장에 중원무림은 충격에 빠졌다.

중원이 제일이라는 생각이 얼마나 오만한 생각인지 뒤늦게 깨달은 것이다.

하지만 그게 명천은 꼭 나쁜 일이라고 생각하지 않았다.

때로는 충격요법도 필요했다.

'추월당했다면 다시 따라잡고, 추월하면 될 일이다.'

삼불의 등장으로 중원무림은 경각심을 가졌다.

그러니 앞으로는 더욱더 발전할 것이었다.

새외무림을 경시하는 시선들도 사라질 것이고.

그리고 그 중심에는 유하성을 비롯해서 이춘상과 현광, 나지연이 있을 것이었다.

'물론 그중에 최고는 우리 하성이지.'

원래부터 대단했던 유하성은 전쟁들을 겪으며 더욱 고절

해졌다.

그렇기에 명천은 보기만 해도 배가 불렀다.

그러나 한편으로는 걱정도 되었다.

"저는 개인적으로 다들 포기하지 않았으면 좋겠습니다. 혼자는 고독하지 않습니까. 함께 가야 외롭지 않죠."

"맞아. 혼자는 외롭지. 어쩌면 성승이 있었기에 내가 여기까지 온 걸지도 모르니."

"차이점이 있다면 저희는 사이가 좋다는 거죠."

"나도 나쁘지는 않아. 성승이 꽉 막혀서 그렇지."

은근슬쩍 뼈를 때리는 유하성의 말에 명천이 눈살을 찌푸렸다.

꼭 둘의 사이가 나쁘다는 식으로 말해서였다.

그리고 유하성과 이춘상, 현광처럼 명천 역시 취선과 천강과 친구처럼 지냈다.

과거에는 진짜 심하게 싸운 적도 있었으나 원래 친구들끼리는 싸우기도 하고 의견충돌도 하면서 크는 법이었다.

"그래도 대단하시더라고요. 더 강해지셨어요."

"괜찮아. 성승이 최고가 아니라는 걸 알았으니까. 그리고 차기 천하제일인은 우리 무당에서 나올 테니."

"너무 부담을 주시는 것 같습니다."

"부담이라니. 기대감이지. 막말로 내가 기대한다고 네가 부담감을 느낄 성격도 아니잖아?"

"저도 사람입니다."

유하성이 어깨를 으쓱거렸다.

하지만 명천은 그 말을 귓등으로도 듣지 않았다.

"무슨 말도 안 되는 소리를. 내가 널 뻔히 아는데. 그보다 결정을 내린 것이냐?"

대놓고 콧방귀를 뀌던 명천이 표정을 싹 바꿨다.

그러고는 은근한 어조로 물었다.

"예. 가장 가까운 제갈세가부터 갈 생각입니다."

"진짜?"

명천이 두 눈을 크게 떴다.

혹시나 하고 찔러본 것인데 이런 대답이 나올 줄은 몰라서였다.

오자마자 따로 네 명의 여인들과 자리를 만들었다기에 어느 정도 짐작은 했었다.

그런데 이렇게 번갯불에 콩 구워 먹을 줄은 몰랐기에 명천이 두 눈을 동그랗게 뜨고서 유하성을 바라봤다.

"결정을 내리기까지 시간이 오래 걸렸으니 그만큼 서둘러야 하지 않겠습니까. 이제 네 사람도 적은 나이가 아니고요."

"노처녀라 불러도 이상하지 않은 나이이기는 하지. 무림의 여식들이 혼례를 늦게 올리는 편이라고는 하나, 그래도 많이 늦었지. 사실 그래서 나도 은근히 눈치가 보이기도 했어. 남궁가주와 제갈가주, 서문가주를 볼 때 말이다. 아마 무율이도 같았을걸?"

"그 점에 대해서는 죄송합니다."

"죄송은 무슨. 네가 미안할 게 어디 있어? 남녀 사이라는 게 가까워졌다가도 하룻밤 사이에 원수가 되기도 하는데. 오히려 난 신중해서 보기 좋았다. 나는 늘 너의 편이기도 하고."

명천이 그답지 않게 인자한 미소를 지었다.

늘 옥신각신하기는 해도 그는 언제나 유하성의 편이었다.

"감사합니다."

"그래. 허락도 받고 날짜로 받으려면 한 번씩 찾아는 가야지. 그게 도리이지. 지금껏 묵묵히 기다려 주었으니."

"맞습니다. 저도 늦은 나이라 올해 안에 식을 올릴 생각입니다."

"나는 좋다. 이왕이면 무당산에서 혼례를 올리는 것도 좋고. 네 가문 중 한 곳에서 하는 것보다는 차라리 무당산에서 하는 게 공평하지. 이게 은근히 자존심과 체면이 걸려 있거든."

"확실히 그건 그렇겠네요."

유하성이 턱을 쓰다듬었다.

정식으로 인사드리고 날짜를 정하는 것만 생각했지 장소는 전혀 떠올리지 못했다.

그렇기에 유하성은 새삼 연륜의 대단함을 느꼈다.

"아니면 새로운 터를 잡고 거기서 혼례를 올리는 것도 한 가지 방법이고. 꼭 무당산만 있는 건 아니니까."

명천이 새로운 방안을 제시했다.

굳이 무당산에서만 해야 할 이유는 없어서였다.

명천의 마음이야 오래도록 무당산에 머물렀으면 싶었으나 유하성과 여인들의 생각은 다를 수도 있었다.

"소향이도 있고 아직은 떠날 생각이 없습니다만, 그래도 생각은 해 봐야 할 것 같습니다."

"네 아이도 보고 싶기는 한데, 부부의 일에 관여하는 건 오지랖이니까."

명천은 잘 알았다.

뜻하지 않게 이소향이 무당산을 찾아오고, 제자가 되었기에 유하성이 지금까지 머무르고 있음을 말이다.

그러나 언제까지고 유하성을 무당산에 붙잡아 둘 수는 없었다.

"찾아가는 김에 논의를 해 보겠습니다. 위치도 문제지만 주머니 사정도 감안해야 하니까요."

"금와장의 막내딸이 있는데 돈 걱정을 왜 해? 그리고 정 뭣하면 나도 있고. 어차피 죽으면 가지고 가지도 못할 재산이니 너에게 좀 넘겨주마."

"지금은 마음만 받겠습니다."

"나중에 필요하면 받겠다?"

"상황이라는 게 어떻게 될지 모르니까요."

영악하게도 여지를 두는 유하성의 말에 명천이 피식 웃었다.

하지만 그게 밉지는 않았다.

"그래. 필요하면 언제든지 말하거라."

"예."

아침 일찍 유하성은 이소향과 여인들을 데리고 하산했다.

거기에 취선과 이춘상도 개방의 총타로 떠났다.

그래서인지 명천은 이상하게 허전한 느낌이 들었다.

끼이익.

"들어오시지요."

"그래."

묘한 허전함을 느끼며 명천은 무율이 열어 주는 문을 지나 방 안으로 들어갔다.

과거 그의 집무실이기도 했던 방 안을 명천은 느릿하게 둘러봤다.

"달라진 건 없습니다. 이 집무실 또한 무당파의 역사이니까요."

"한 번도 외세의 침범을 받지 않은 곳이지."

"앞으로도 그렇게 지켜 나갈 생각입니다."

"그래야지."

고풍스러운 분위기가 물씬 풍기는 실내의 풍경을 찬찬히 둘러보던 명천은 이내 손님들이 앉는 자리에 앉았다.

그런데 그걸 보고도 무율은 어색해하지 않았다.

처음 장문인이 되었을 때는 이상할 정도로 신경이 쓰였는데 지금은 아니었다.

"유 사제의 무공은 보셨습니까?"

"봤으니까 이렇게 찾아왔겠지?"

"어떠셨습니까?"

"내가 평가할 무공이 아니더구나."

무림쌍선이자 무당검선의 입에서 나온 말이라고는 믿기 힘든 대답이었으나 무율은 놀라지 않았다.

그 역시 처음 유하성의 태극혜권을 봤을 때 어마어마한 충격을 받아서였다.

원래 대단하다는 건 그도 익히 알고 있었다.

하지만 태극혜권을 보고 무율은 새삼 자신과는 격이 다르다는 걸 느꼈다.

"하하. 저도 같은 생각이었습니다. 태극혜검이 본다고 해서 따라 만들 수 있는 무공이 아닌데. 그렇다고 베낀 건 절대 아닙니다."

"아니지. 추구하고자 하는 방향이 완전히 다른데. 뿌리만

같을 뿐 완전히 다른 무공이라고 봐야 해. 태극혜검을 재해석한 무공이 아니라 아예 다른 무공으로.”

“맞습니다.”

명천이 단호하게 말했다.

언뜻 보기에는 태극혜검과 흡사하다고 느낄 것이었다.

그러나 깊게 파고들면 전혀 달랐다.

굳이 공통점을 꼽으라면 태극의 묘리를 품고 있다는 것뿐이었다.

“하지만 그렇기 때문에 문제가 돼.”

“전수하는 것 말이죠?”

“역시 알고 있구나.”

“태극혜검은 당대의 장문인과 차기 장문인에게만 허락된 무공이지요. 십단금과 면장이 대단하기는 하나 태극혜검에 비할 바는 아니기에 사실 이 두 무공은 큰 문제가 없습니다. 원일과 원경이 배우고 있기도 하고요. 그러나 태극혜권은 다르죠. 태극혜검 못지않은 무공입니다.”

“누가 익히느냐에 따라 그 이상도 가능해.”

명천이 그답지 않게 조심스럽게 말했다.

아무래도 이 부분은 민감할 수밖에 없어서였다.

그런데 의외로 무율은 소탈하게 대답했다.

“저도 그렇게 생각합니다. 유 사제의 태극혜권을 보고 느낀 것도 많았고요. 단순히 무공을 익히는 것만이 전부가 아님을 깨달았다고나 할까요. 퇴보하지 않으려면 어떻게든 앞으로 나아가야 함을 배웠습니다."

"잘 생각했다. 역시 내 제자답다."

"근데 저도 사람인지라 질투는 좀 납니다. 하지만 유 사제가 어떻게 살아왔는지 알기에 질투가 생기기 무섭게 눈 녹듯이 사라지더라고요."

"그럴 수 있지. 우리가 성인(聖人)도 아닌데. 나도 마찬가지인데 너는 오죽할까. 다만 문제는 하성이가 너무 뛰어나다는 거야. 특히 태극혜권은 분란의 씨앗이 될 가능성이 커."

명천의 표정이 무거워졌다.

무당파를 대표하는 무공이 새로이 창안된 건 좋았으나 문제는 그게 너무 뛰어나다는 점이었다.

물론 태극혜검과 마찬가지로 태극혜권 역시 장문인과 그 후계자에게만 허락하는 방법도 있었다.

그러나 검 하나도 대성하기 힘든 마당에 권에 심력을 쏟는 건 낭비였다.

어마어마한 천재라면 태극혜검과 태극혜권을 대성할 수도 있겠으나 그건 현실적으로 불가능했다.

예를 들면 그와 유하성의 재능이 합쳐진 이가 있어야 한다는 이야기인데 그런 천재는 백 년이 아니라 천 년에 한 명 있을까 말까 했다.

"안 그래도 저 역시 그걸 고민하고 있었습니다. 숨기는 방법도 있겠으나 너무 많은 이들이 보았습니다."

"당장 십단금과 면장만 하더라도 탐을 내는 마당에."

"그렇습니다."

명천이 혀를 끌끌 찼다.

무당패왕이라는 명성이 높아질수록, 유하성의 무명이 천하 각지로 퍼져 나갈수록 십단금과 면장을 배우고자 하는 이들이 늘어났다.

그 두 무공을 익히면 자신도 유하성처럼 될 수 있을 거라고 생각하는 것이었다.

심지어 유하성과 같은 배분인 무자배 장로들도 그런 생각을 하고 있었다.

"태극혜검을 괜히 장문인과 차기 장문인만 익히도록 한 게 아니지. 비인부전 부재승덕(非人不傳 不才勝德). 자격이 되지 않는 이에게 상승절학은 독이나 마찬가지다. 욕심이 과하면 결국 그 욕심에 먹히는 법이고 당사자뿐만 아니라 주변 사람들까지 파멸에 이르게 하지."

"지당하신 말씀입니다."

"하나 그렇다고 전수하지 않으면 맥이 끊어지니."

명천이 깊은 한숨을 내쉬었다.

아무리 고민해 봐도 길이 보이지 않아서였다.

그나마 다행스러운 건 무율이 장문인으로서 균형을 잘 잡고 있다는 점이었다.

하늘에 두 개의 태양이 존재할 수 없는 것처럼 명천은 내심 무율과 유하성을 우려했는데 다행히 걱정하는 일은 벌어지지 않을 듯했다.

"저도 그래서 고민해 봤는데, 이건 어떻습니까?"

"좋은 방법이 있느냐?"

"속가장문인을 만드는 건 어떻습니까? 속가제자들의 대표자를 만드는 겁니다. 사실 유 사제가 장로에 준하는 대우를 받고 있지만 엄밀히 말하자면 장로직을 가진 건 아니지 않습니까? 그래서 장로회의에도 참석하지 않고 있고요."

명천이 반색한 표정을 지었다.

정말 생각지도 못한 방법이어서였다.

하지만 여기에는 아주 중요한 문제가 있었다.

"자칫 잘못하면 무당파가 반으로 나눠질 수도 있다. 또한 장로와 동일한 직급을 준다고 하나 장문인이라는 이름은 무겁다."

"반대로 장로들을 견제할 수도 있습니다."

"호오."

그건 생각하지 못했다는 듯이 명천이 턱을 쓰다듬었다.

확실히 무율의 말도 맞았다.

원칙대로라면 무당파의 수장은 장문인이었다.

그러나 아주 가끔 장로들의 힘이 장문인보다 강했던 적도 분명히 있었다.

“사부님께서 무엇을 걱정하시는지 압니다. 하지만 속가장문인을 임명할 수 있는 건 당대의 장문인뿐입니다. 그리고 저와 유 사제의 관계처럼 이어진다면 염려하시는 일은 일어나지 않을 겁니다.”

“태극혜권은 속가장문인에게만 허락하고 말이지?”

“예. 태극혜검과 달리 속가장문인으로 임명되었을 때부터 허락하면 문제가 해결되지 않겠습니까?”

“나쁘지 않아. 아니, 훌륭해.”

유하성이 창안한 태극혜권은 태극혜검과 비교해도 절대 뒤떨어지지 않았다.

그런 만큼 함부로 전수할 수 없었다.

하나 속가장문인이라면, 태극혜검과 마찬가지로 일인전승의 규칙을 따른다면 모든 문제를 해결할 수 있었다.

“그런데 이 방법에는 한 가지 전제조건이 있습니다. 이게 해결되지 않으면 아무런 소용이 없습니다.”

“뭔데?”

“유 사제가 받아들이지 않을 경우입니다.”

“끄응!”

명천이 순간적으로 앓는 소리를 냈다.

다른 이라면 냉큼 받아들이겠지만 유하성은 달랐다.

귀찮다고 안 받을 가능성이 컸다.

그렇다고 태극혜권만 전수해 달라고 할 수도 없었다.

"때문에 사부님께 선뜻 말씀드리지 못한 것입니다."

"맞아. 하성이라면 충분히 그러고도 남지. 그렇다고 강요할 수도 없고 말이지."

"그렇습니다."

"일단 말은 해 보자고. 이것보다 더 좋은 방법은 떠오르지 않으니까. 아직은 시간도 있고."

"소향이를 말씀하시는 거군요."

무율이 고개를 주억거렸다.

다행스럽게도 당장 태극혜권의 맥이 끊길 일은 없었다.

이소향이라는 제자가 있을뿐더러 운명처럼 그녀는 검객이 아닌 무투가의 길을 선택했다.

그러니 자연스럽게 태극혜권 역시 물려받을 터였다.

"안심하기에는 일러. 하성이는 어디로 튈지 모르는 녀석이니까."

"그래도 착한 사제입니다. 믿을 수 있는 사제이고요."

"뭐, 틀린 말은 아니지."

명천이 건성으로 대답했다.

유하성을 어떻게 설득해야 할지 고민하는 것이었다.

제갈세가를 시작으로 남궁세가, 서문세가, 금와장을 차례대로 방문한 유하성이 무당산에 돌아왔다.

예상보다 일찍 무당파에 도착했던 것이다.

푸르르릉!

오래간만의 긴 외출이 마음에 들었던 모양인지 흑풍이 아주 만족스러운 표정을 지었다.

산속을 질주하는 것도 좋았지만 역시 말에게 평야만큼 좋은 곳은 없었다.

오랜만에 마음대로 실컷 달린 흑풍은 자식인 예쁜이와 함께 산문에 도착했다.

"오셨습니까, 사숙."

"네가 왜 여기에 나와 있어?"

"사숙과 사매가 오는 날이지 않습니까. 당연히 제가 마중 나와야지요."

"전쟁이 끝났다고 한가한가 보네. 십단금은 언제 익히려고? 그러다가 소향이랑 비슷하게 입문한다?"

"혼자보다는 둘이 함께 수련하는 것도 좋지요. 서로에게 도움을 줄 수도 있고요."

조곤조곤하게 할 말을 다 하는 원일의 모습에 유하성이 피식 웃었다.

시간이 흐른 만큼 원일도 변한 것 같아서였다.

"사부님과 사조께서 기다리고 계십니다."

"나를?"

"예. 바로 데려오라 하셨습니다."

"그래."

짐작 가는 게 있기에 유하성은 순순히 원일을 뒤따랐다.

잠시 후 유하성은 홀로 무율의 집무실 문 앞에 도착했다.

똑똑똑.

"접니다, 장문사형."

"들어오게나."

"예."

무율의 목소리를 들으며 유하성이 문을 열었다.

그러자 편하게 앉아 있는 무율과 명천의 모습이 보였다.

"다행히 얘기가 잘된 모양이야."

"어떻게 아셨습니까?"

"표정을 보면 알지. 그래, 날과 장소는 정했나?"

무율이 빙그레 웃으며 자리를 권했다.

바로 명천의 앞자리였다.

"장문사형께서 허락해 주신다면 무당산에서 식을 올리고 싶습니다."

"당연히 허락하지. 사제의 혼례 아닌가. 오히려 다른 곳에서 하겠다고 했으면 서운했을 거야."

"감사합니다."

"필요한 게 있다면 무엇이든 말만 하게. 지원을 아끼지 않을 테니."

패왕인 걸 떠나서 막내 사제의 결혼식이었다.

그렇기에 무율은 해 줄 수 있는 일이라면 뭐든지 해 줄 생각이었다.

"생각해 보고 말씀드리겠습니다."

"그러게나. 참, 그리고 사제하고 상의하고 싶은 게 하나 있네."

"편히 말씀하시죠."

"내가 말하마."

지금껏 잠자코 있던 명천이 입을 열었다.

아무래도 설득하는 일은 그가 나을 것 같아서였다.

사백이라는 신분으로 은근히 압박할 수도 있었고 말이다.

"심각한 겁니까?"

"심각하게 보면 심각하고, 가볍게 보면 가볍고."

"말씀하시죠."

알쏭달쏭한 명천의 말에 유하성이 차분한 어조로 대답했다.

일단은 들어 보겠다는 듯이 말이다.

그런 유하성에게 무율이 조용히 차를 따라 주었다.

"너, 속가장문인 해라."

"……예?"

거두절미하고 대뜸 속가장문인을 하라는 말에 유하성이 눈을 껌뻑거렸다.

이게 무슨 소리인가 싶어서였다.

그러고는 설명을 바라는 눈빛으로 무율을 쳐다봤다.

아무래도 명천보다는 무율이 나을 것 같아서였다.

"무율이하고 얘기해 봤는데 그거 말고는 답이 없어."

"설명은 해 주셔야죠. 다짜고짜 그리 말씀하시면 무슨 말인지 이해가 안 갑니다."

"태극혜권 있잖아. 그거 모두에게 공개할 수 없다는 거, 너도 알지?"

"함부로 공개할 수 있는 무공은 아니죠."

명천의 말에 유하성이 고개를 주억거렸다.

단순히 이름이 비슷한 걸 넘어 태극혜검과 비견될 만한 무공이 태극혜권이었다.

그런 만큼 진산제자라고 해도 모두에게 공개할 수는 없었다.

"그렇다고 네가 장로들에게 전수해 줄 것도 아니잖아?"

"……."

유하성이 입을 다물었다.

정곡을 찔려서였다.

사실 말은 하지 않았지만 유하성도 태극혜권에 대해서 고민하고 있었다.

"십단금과 면장도 허락하지 않는데 속가제자에게 태극혜권을 가르쳐 줄 수는 없지 않느냐."

# 제107장 함께 걸어가는 길

"그래서 생각해 낸 방안이 속가장문인이군요."

"너의 위치를 생각하니 의외로 답이 딱 나오더구나. 정확하게는 무율의 생각이지만."

"하하하."

명천의 칭찬 섞인 한마디에 무율이 어색하게 웃었다.

이런 식의 칭찬은 참 낯설어서였다.

누구보다 칭찬에 인색한 인물이 명천이었기에 무율은 겸연쩍은 표정을 지었다.

"속가장문인이라."

"일단 자격은 되지 않더냐. 너보다 더 속가장문인에 어울리는 사람이 있으면 말해 보거라."

"없죠."

유하성은 순순히 인정했다.

배분으로도, 실력으로도, 그리고 명성으로도 그보다 더 속가장문인에 잘 어울리는 이는 없었다.

보통 속가제자들의 실력은 절대 진산제자를 넘지 못했다.

간혹 비정상적인 경우가 있긴 하나 그건 정말 드물었다.

'나와 같은 경우가 아닌 한.'

한정적인 무공을 전수받았음에도 지고한 경지에 오르는 경우가 아예 없지는 않았다.

그러나 그건 무공이 아니라 사람이 특별해서였다.

일례로 유하성을 들 수 있었다.

유하성이 전수받은 무공은 태극권 딱 하나였으나 그것에서 진무 태극권과 태극신보, 면장, 십단금, 태극혜권이 탄생했다.

"그리고 속가제자들의 말을 전달할 대표자가 필요하기도 하고. 사실 지금까지는 주먹구구식으로 일을 처리하지 않았더냐. 그래서 차별받는다고 생각하는 이들도 있고."

"맞습니다. 대놓고 차별을 하지는 않았으나, 은근히 차별받는 게 많죠. 무공 같은 경우는 아예 대놓고 차이를 두니까요."

"하나 그럴 수밖에 없는 이유가 있다. 복합적인 이유가 말이지."

"그 부분에 대해서도 저 역시 이해하고 있습니다. 또 자기 하기 나름이니까요."

"맞다."

명천이 옅게 웃었다.

다른 이가 이런 말을 했다면 코웃음을 쳤겠으나 유하성은 달랐다.

이 말을 직접 증명한 이였기에 명천은 고개를 끄덕였다.

"그럼 태극혜권은 속가장문인에게만 허락하실 생각이십니까?"

"아무래도 그게 형평성에 맞지 않겠느냐? 장문인은 태극혜검, 속가장문인에게는 태극혜권."

"장로들을 비롯해서 진산제자들의 반발이 있을 겁니다."

"있겠지. 근데 네가 그걸 가만히 지켜볼까?"

명천이 의미심장한 표정을 지었다.

굳이 말할 필요가 있겠냐는 표정이었다.

그런데 웃긴 건 상석에 앉아 있는 무율도 같은 얼굴이었다.

"동문이라고 해서 모든 걸 공유할 필요는 없죠. 저 역시 인간인지라."

유하성은 성인군자가 아니었다.

또한 무조건 사문을 위해 희생할 생각도 없었다.

물론 태극혜권을 마음먹고 만든 건 아니었다.

더 높은 경지에 오르고자 수련하다가 우연찮게 만든 무공이 태극혜권이었다.

하지만 그렇다고 해서 그 가치가 퇴색되는 건 아니었다.

오히려 직접 만들었기에 유하성에게는 자식 같은 무공이 태극혜권이었다.

'내가 만든 첫 번째 무공이기도 하고.'

유하성에게 있어 태극혜권은 아주 큰 의미를 가지고 있었다.

진무 태극권은 어떻게 보면 태극권의 아류이고 중심 뼈대는 명운이 만들었다.

그리고 십단금과 면장은 소실된 무공을 복원한 것이었다.

때문에 유하성이 오롯이 혼자 만든 건 태극혜권이 처음이었다.

"그걸 나무랄 생각은 없다. 나 역시 마찬가지이고. 또한 번천회의 경우를 생각하면 보안이 더더욱 중요해. 아무래도 많이 알고 있는 무공은 유출될 가능성도 크니까. 사문에 충성심이 강한 제자가 있는 반면에 그렇지 않은 제자도 있으니까."

"그렇죠."

"하지만 그렇다고 해서 장문인이 두 무공을 다 익히는 것도 말이 안 된다. 중요도를 떠나서 역량을 생각하면."

"검과 권을 동시에 수준급으로 익히는 건 힘들죠. 권장지각은 무공 간의 흐름을 이해하면 습득이 빠르지만 검과 권은 다르니까요. 검술과 봉술을 동시에 익히는 것과 마찬가지죠."

"정확해."

핵심을 꿰뚫는 말에 명천이 고개를 주억거렸다.

특히 예를 드는 게 아주 적당했다.

극명하게 다른 두 무공을 일정 수준으로 익히기 위해서는 평범한 재능으로는 불가능했다.

또 양쪽에 재능이 있는 경우가 있을 수도 있으나 대개는 그렇지 않았다.

"제가 떠나 있는 사이 많이 고민하셨네요."

"그럴 수밖에. 그럼 태극혜권과 같은 절세무공을 묵혀? 넌 네가 만든 자식 같은 아이가 네 대에서 끊어지길 바라느냐?"

"흐음."

유하성이 작게 한숨을 내쉬었다.

특히 마지막 말이 그의 가슴에 깊게 파고들었다.

지금의 말은 달리 말하면 이소향에게 태극혜권을 전수하는 걸 반대한다는 뜻이었기 때문이다.

"이건 살짝 오해의 소지가 조금 있는 것 같습니다, 사부님."

"무슨 오해의 소지?"

무율이 조심스럽게 입을 열었다.

태극혜권을 만든 주인은 유하성인데 자신들이 너무 이래라저래라하는 것 같아서였다.

반대로 그가 유하성의 입장이었다면 기분이 나쁠 것 같았다.

"태극혜권의 주인은 사제입니다. 저희는 바랄 수는 있어도 강요할 수는 없습니다."

"으음!"

무율의 부연 설명에 명천이 침음을 흘렸다.

곱씹어 보니 무율의 말대로 오해의 소지가 충분히 있어서였다.

태극혜권을 주겠다고 하지 않았는데 이미 무당파의 무공인 것처럼 말하고 있었다.

그걸 깨달은 명천이 유하성의 눈치를 살폈다.

"혹시나 오해할까 싶어 말하는데 나는 절대 사제에게 강요하는 게 아니네. 싫으면 거부해도 되네. 태극혜권이 무당의 품에 들어온다면 더없이 좋겠으나 그걸 줄지 말지 결정하는 건 유 사제라네."

"정말 괜찮으시겠습니까?"

"유 사제가 만든 무공이지 않나. 내가 무당파의 장문인이라 하나, 그걸 직위로 빼앗는다면 도둑과 뭐가 다르겠는가? 그리고 이미 본 문은 유 사제와 명운 사숙에게 몹쓸 짓을 하기도 했고. 염치가 있다면 더 바라서는 안 되지."

"끄응!"

무율의 말에 명천이 앓는 소리를 냈다.

구구절절 맞는 말이어서였다.

동시에 유하성의 눈치를 봤다.

명운에 대한 얘기가 나오면 그로서는 아무래도 찌그러질 수밖에 없었다.

"지금 이 자리에서 결정을 내려야 합니까?"

"꼭 그래야 할 필요는 없지만, 빨라서 나쁠 건 없지. 아무래도 절차도 있고, 여러 가지 논의할 사항이 있으니까. 시간이 필요하다면 내 재량으로 얼마든지 줄 수 있어."

"하겠습니다. 저와 같은 이가 앞으로는 없었으면 하거든요. 그리고 태극혜권은 제가 만들었지만 무당파의 것입니다."

"고맙네."

무율이 유하성의 손을 붙잡았다.

얼마나 큰 결정을 내린 것인지 잘 알았기에 무율은 환하게 웃으며 말했다.

하지만 옆에 있던 명천은 묘한 느낌을 받았다.

마지막 말이 그에게는 의미심장하게 들렸던 것이다.

요 며칠 무당산은 소란스러웠다.

그러나 절정은 오늘이었다.

새벽부터 무당산을 찾아오는 손님들로 경내가 북적거렸다.

중원 각지에서 수많은 사람들이 방문했던 것이다.

"무당산은 진짜 오랜만이네요."

"이상하게 근처를 지나갈 일이 없었습니다. 저도 그렇고, 표국주님도요."

"그러니까요. 근처를 지나갈 일이 있으면 꼭 찾아가려고 했는데."

"그만큼 바빴다는 말이 되기도 합니다."

곽두일이 빙그레 웃었다.

복건성에서는 냉혈의 외팔이 검객이라 불릴 정도로 미소를 짓는 경우가 드물었으나 이곳에서는 달랐다.

이곳에서 제이의 인생이 시작했다고 해도 과언이 아니었기에 곽두일에게 무당산은 특별했다.

그리고 그건 함께 온 백현승도 마찬가지였다.

"정말 오랜만이다."

"무당산은 여전하네."

"우리의 꼬꼬마 시절이 있는 곳이지."

이제는 완연한 사내대장부가 된 백현승의 뒤로 수십 명의 사내들이 뒤따랐다.

바로 유하성이 거둬들이고 백현승을 따라 대청표국으로 향했던 아이들이었다.

이제는 전부 다 청년이자 아저씨가 되어 있었는데 그럼에도 두 눈이 초롱초롱하게 빛났다.

백현승, 곽두일과 마찬가지로 이들 역시 진짜 오랜만에 무당산을 찾았기에 얼굴 가득 반가운 기색을 띠었다.

"더구나 우리도 초대해 주셨으니."

"아마 다 모이겠지?"

"그럴 거야. 표행을 다니면서 만나기는 했지만 이렇게 다 모이는 건 처음이지."

"각자 낳은 자식들도 데려올 테고."

청년들의 뒤에는 여인들도 있었다.

그녀들 역시 무당파에서 함께 지냈던 이들이었다.

그래서인지 청년들과 똑같이 여인들의 얼굴에도 반가운 기색이 완연했다.

이제는 어엿한 표사가 되어 중원을 종횡하는 청년들과 달리 여인들은 대부분의 시간을 복건성에서 보냈기에 이런 외출이 더더욱 특별할 수밖에 없었다.

"편지는 정기적으로 주고받기는 했지만 역시 직접 보는 것만 못하지."

"조카들만 수십 명이라니. 이 녀석들은 밤새 뭔 짓을 한 거야?"

"뭔 짓을 하긴. 한창때의 나이에, 먹고살 만도 하니 밤새 뭘 하겠어?"

"어머머머."

이제는 다들 이십 대가 되어서 그런지 대화의 농도가 달랐다.

앞서 걸어가던 청년들의 얼굴이 붉어질 정도로 말이다.

그런데 다 들린다는 걸 알면서도 여인들은 거리낌이 없었다.

모르는 것도 아니고 다 아는데 부끄러워할 이유가 없다고 생각해서였다.

"근데 참 인생사 새옹지마다. 논밭이나 일구며 살 줄 알았는데 우리가 글도 배우고 기본이지만 무공도 배웠으니."

"편지를 주고받을 줄이야. 예전에는 그저 하루하루 먹고 살 걱정 하기 바빴는데."

"전부 다 유 공자님 덕분이야."

"그러니까."

여인들이 아련한 표정을 지었다.

복건성 복주에서 무당산까지의 거리는 상당히 멀었다.

그렇기에 가고 싶다고 해서 자주 갈 수 있는 곳이 아니었다.

지금 하고 있는 일도 있었고.

"은혜를 갚아야 하는데."

"언젠가는 기회가 있지 않겠어?"

"열심히 살다 보면 보은할 기회가 올 거야."

무당산을 그리워했으나 여자들이나 청년들은 엄밀히 말해 무당파를 좋아하는 건 아니었다.

다른 구대문파보다야 무당파를 친근하게 생각하지만 무당

산을 좋아하는 가장 큰 이유는 유하성이 있어서였다.

아무도 그들을 신경 쓰지 않을 때 오직 유하성만이 아이들을 걱정하며 챙겨 주었다.

단순히 돈을 쥐여 주는 게 아니라 한 사람 몫을 할 때까지 그늘이 되어 주고 든든한 울타리가 되어 주었다.

마치 부모처럼 아무것도 바라지 않고 그들을 지켜 주었던 것이다.

그런 유하성이 있기에 모두 별 탈 없이 지금까지 살 수 있었다.

"오랜만에 실력 발휘를 해 보자고."

"맞아. 무당파에서 음식 하는 사람들 숫자야 뻔하지. 손님들이 어마어마할 테니 분명 손이 모자랄 거야."

"더욱이 유 공자님의 혼례식인데 우리가 나서야지!"

"암! 좋은 식재료도 가져왔으니까 다들 힘내 보자고!"

"그래!"

먼 거리를 걸어왔음에도 지치기는커녕 무당파에 가까워질수록 투지를 불태우는 모습에 청년들이 피식 웃었다.

하지만 마음은 여인들과 같았다.

유하성이 혼인하는 날이니만큼 도울 수 있는 건 뭐든지 할 생각이었다.

"오랜만에 소향이도 보겠다."

"그래도 아직 꼬마 아가씨지."

"어허. 유 공자님 제자에게 무엄하게."

"우리가 깍듯하게 대하면 오히려 싫어할걸?"

"그건 인정."

여인들이 음식 준비에 대해 투지를 불태울 때 청년들은 오랜만에 만날 이소향을 떠올렸다.

헤어진 지 몇 년이 지났으니 지금쯤이면 어엿한 꼬마 숙녀가 되어 있을 터였다.

"어?"

"으응?"

친구들과 두런두런 대화를 하며 백현승과 곽두일을 따라 비탈길을 오르던 청년들이 산문 앞에 나란히 서 있는 두 사람을 보고는 눈을 비볐다.

지금 자신이 보는 게 진짜인지 허상인지 확인해 보려는 것이었다.

그리고 그건 뒤따르던 여인들도 마찬가지였다.

다들 똑같이 소매로 눈을 비볐다.

"다들 오랜만이구나."

"형님!"

멍한 표정으로 눈을 비비거나 껌뻑거리던 청년과 여인들이 퍼뜩 정신을 차렸다.

백현승의 외침에 지금 보이는 사람이 진짜임을 알 수 있어서였다.

"유 공자님!"

"소향아!"

마치 기다리고 있었다는 듯이 산문 앞에 나란히 서 있는 유하성과 이소향을 향해 백현승과 곽두일, 그리고 이제는 다 큰 어른이 된 아이들이 우르르 달려들었다.

반가운 마음에 짐을 싣고 있는 마차와 수레도 잊고 유하성과 이소향에게 몸을 날렸다.

"언니! 오빠!"

그런 그들을 향해 이소향도 마주 달려가서는 폴짝폴짝 뛰었다.

복건성에서 헤어진 이후 처음 만나는 것이기에 다들 얼굴에 미소와 눈물이 가득했다.

너무 기뻐서 눈물을 흘리는 것이었다.

"모두 데려오느라 고생 많았다."

"고생은요. 당연히 모두 와야죠. 형님 쪽 하객인데. 형님께서 말 안 하셨어도 제가 데려왔을 겁니다."

"근데 뭔 짐이 저렇게 많아?"

"새살림을 차리는 데 당연히 필요한 게 많지 않겠습니까? 저 짐의 반은 식재료입니다. 금방 상하는 것들을 제외하고 챙겼는데도 양이 꽤 많더라고요."

유하성이 실소를 흘렸다.

마음은 알지만 너무 과하다는 생각이 들어서였다.

"빈손으로 와도 되는데."

"저도 알죠. 주연 누나가 있는데. 다른 누나들의 가문도 돈에 쪼들리는 가문은 아니고요. 비싼 건 아니고 정성이에요. 직접 만든 옷, 직접 잡은 소. 직접 만든 가구들. 한마디로 정성이 가득 담긴 선물이죠."

"그렇다면 거절할 수가 없지."

몇 날 며칠 동안 잠을 줄여 가며 만들었을 터였다.

그걸 알기에 유하성은 거절할 수가 없었다.

"참고로 저는 빈손으로 왔습니다. 그래도 안 내쫓으실 거죠?"

"복건성에서 십오 위 안에 들어가는 표국주가 빈손이라. 이건 좀 문제가 있는 거 아냐?"

"에이. 저는 직책만 표국주고 실상은 거지예요. 저 돈 별로 없어요. 버는 족족 재투자를 하고 있어서요."

"뭐야? 너 개방도 됐어?"

그때 산문 너머에서 익숙한 목소리가 들렸다.

바로 이춘상의 목소리였다.

시간이 제법 흘렀음에도 여전히 예전과 똑같이 잘생긴 모습에 백현승이 넉살 좋게 인사했다.

"오랜만에 뵙습니다, 이 대협! 그간 잘 지내셨는지요?"

"그럭저럭. 그나저나 너는 얼굴 엄청 좋아졌다? 연애라도 하나? 혹시 그 소국주?"

히죽거리며 다가온 이춘상이 대뜸 새끼손가락을 내밀었다.

그러나 백현승도 만만치 않았다.

예전의 어수룩하던 그가 아니었다.

이제는 제법 경험을 쌓은 남자가 백현승이었다.

“과거는 자연스럽게 흘려보냈습니다.”

“호오. 그래? 정말?”

“네. 마음먹으면 바로 알아보실 수 있으시잖아요?”

백현승이 자신만만하게 대답했다.

미심쩍으면 직접 알아보라는 듯이 말이다.

그런데 이어지는 말에 백현승은 힘이 빠졌다.

“내가 굳이 그럴 필요는 없지. 잘 정리했으면 됐어. 그게 아니라 연상의 누나와 잘되었어도 좋고. 뭐, 자기 인생 자기가 책임지는 거지.”

“…….”

맥이 탁 풀리는 이춘상의 대답에 백현승이 그저 입만 쩍 벌렸다.

대신 이춘상은 표적을 바꿨다.

“곽 대표두님은 더욱 강건해지셨네요. 보기 좋습니다.”

“허허. 이제는 제 차례인가요?”

“그럴 리가요. 저 그렇게 버릇없는 성격 아닙니다.”

“다행스럽게도 저는 짝을 찾아 잘 살고 있습니다.”

“정말요?”

이춘상의 동공이 확대됐다.

생각지도 못한 말에 진심으로 놀란 것이었다.

그리고 그건 대화를 듣고 있던 유하성도 마찬가지였다.

“축하드립니다, 곽 대표두님. 근데 왜 연락을 하지 않으셨습니까?”

“저도 그렇고 안사람도 나이가 적지 않아 조용히 식을 올렸습니다. 둘 다 가족이 있는 게 아니라서요.”

“그러셨군요. 전 또 말도 없이 혼례를 올리신 줄 알고 서운할 뻔했습니다.”

“절대 그런 의미가 아닙니다. 이 나이 먹고 성대하게 식을 올리는 게 조금 그래서 안사람과 단둘이 조촐하게 했습니다.”

“저도 못 갔어요.”

미안하다는 듯이 말을 잇는 곽두일을 백현승이 거들었다.

어떻게 보면 가장 가깝다고 할 수 있는 그도 초대를 받지 못했었다.

그래서 처음에는 많이 서운했지만 지금은 이해했다.

“늦었지만 결혼 선물을 드려야겠네요. 필요하신 게 있으시면 말씀해 주세요.”

“아닙니다. 제가 어찌 새신랑에게 선물을 받겠습니까. 꼭 그게 아니더라도 이미 과분할 정도로 받았습니다. 제가 새 인생을 살 수 있게 도와주신 분이 유 공자님이지 않습니까.”

곽두일이 고개를 단호하게 저었다.

여기서 더 받는 건 말이 되지 않았다.

이미 넘치도록 받았기에 곽두일은 더 이상 받을 수 없었다.

아니, 염치가 있다면 그래서는 안 되었다.

"저도 대표두님과 같은 생각이에요. 대신 형님 몫까지 제가 평생 챙겨 드리도록 하겠습니다."

"못 미더운데."

"허어! 저도 이제 끗발 좀 날리는 표국의 주인입니다!"

"아직 십대표국에도 들지 못했잖아?"

"으윽!"

백현승이 가슴을 부여잡았다.

언어폭행이라는 말처럼 사실로 그를 때리는 것 같아서였다.

더 가슴 아픈 건 반박할 수가 없다는 점이었다.

"이제 그만 들어가자. 사람들이 많이 몰리니까."

유하성의 혼인이 아니더라도 무당파를 찾는 시인묵객들은 많았다.

게다가 명성이 높아짐에 따라 그의 얼굴을 아는 이들도 많았기에 유하성은 여전히 훌쩍거리고 있는 이소향과 여인들을 달래고서 산문 안으로 들어갔다.

"저는 내심 제가 먼저 갈 수도 있겠다고 생각했어요."

"그럼 먼저 가지."

"에이. 어떻게 그래요? 장유유서라는 말도 있는데. 당연히 순서를 지켜야지요. 제가 또 형님의 하나뿐인 의동생 아니겠습니까?"

"의동생은 무슨."

유하성이 피식 웃었다.

의동생이라고 하기에는 나이 차이가 적지 않아서였다.

사실 형님이라고 말하는 것도 이상했다.

그런데 지금은 둘 다 성인이 되어서 그런지 형님이라는 말이 그렇게 이상하지는 않았다.

"장유유서는 무슨. 그냥 고자가 아닐까 의심했겠지."

"흐흐흐흐!"

옆에서 나란히 걷던 이춘상의 말에 백현승이 키득거렸다.

그러나 부정하지는 않았다.

"좋은 날 앞두고 이상한 말은 하지 말지?"

"이게 뭐 이상한 말이야. 우리뿐만 아니라 소저들도 그리 생각했을걸? 다른 여자도 아니고 자그마치 무림삼화 중 두 명이 너 좋다고 매달리는데 일절 건들지를 않으니. 심지어 손도 안 잡아!"

"어후!"

이춘상의 말에 동조하듯 백현승이 고개를 절레절레 저었다.

그로서는 도저히 이해가 가지 않았었다.

그저 그런 여자도 아니고 천하에서 제일 예쁘다는 미녀 중 두 명이었다.

보통의 남자였으면 진즉에 달려들어도 이상하지 않은데 유하성은 오히려 네 여인에게 벽을 쳤었다.

"저는 이해합니다. 가벼운 남자보다는, 이리 재고 저리 재는 것보다는 신중한 게 훨씬 낫지 않습니까. 결과적으로 잘 풀리기도 했고요. 숙고하신 만큼 행복한 결혼 생활을 하실 거라 믿습니다."

"감사합니다."

경험자의 입장에서 해 주는 말이어서 그런지 이상하게 신뢰가 갔다.

그러면서 유하성은 새삼 깨달았다.

지금 주변에서 혼인한 사람이 곽두일밖에 없다는 사실을 말이다.

유하성의 결혼은 아주 성대하게 이루어졌다.

부인이 무려 네 명이기도 했지만 다들 가문이 한가락씩 했기에 하객들의 숫자만 해도 어마어마했다.

초대하지 않은 이들도 엄청나게 찾아왔기에 무당파의 경내는 인산인해를 이루고 있었다.

"으허허허."

곱게 예복을 차려입은 남궁희수의 모습에 남궁수의 입이 함지박만 하게 벌어졌다.

남궁희수가 힘들어할까 봐 그는 절대 티를 내지 않았었다.

하지만 속은 타들어 갔다.

한 해 두 해 시간은 흘러가는데 정작 소식은 들리지 않아서였다.

"입이 찢어지겠네."

"사돈 남 말 하고 있군."

"그런가?"

제갈민이 반문하며 손으로 입가를 쓸었다.

그러자 남궁수의 말대로 입꼬리가 잔뜩 올라가 있는 게 느껴졌다.

"역시 딸자식을 둔 아빠는 다 똑같은 모양이야."

"난 사위가 도둑놈처럼 느껴지지는 않네만."

"도둑놈은 도둑놈이지. 어쨌든 내 딸을 데려간 건 사실이잖아?"

"입은 삐뚤어졌어도 말은 바로 해야지. 데려간 게 아니라 거둬 준 거지. 정확하게 말하면 매달려서 업힌 거고."

"그렇게 말하고 싶나?"

남궁수가 투덜거렸다.

굳이 말을 그렇게까지 해야 하나 싶어서였다.

"희수나 령령이가 없어서 하는 말이네. 있었다면 절대 안 했지."

"나한테는 해도 되고?"

"자네야 들어도 딱히 가슴 아파하지 않으니까."

"나도 사람이야."

남궁수가 수긍할 수 없다는 듯이 말했다.

남들은 무정하다고 하지만 그 역시 한 명의 딸을 가진 아빠였다.

금이야 옥이야 애지중지하며 키우기도 했고.

그런데 그렇게 키운 딸내미가 지금은 너무나 행복한 표정으로 방긋방긋 웃고 있었다.

"알지. 그러니까 자네도 웃고 있지 않나."

"우리 딸. 행복해야 할 텐데."

"행복할 걸세. 오래 고민하고 결정을 내린 만큼 잘 챙겨줄 것이네. 사위 성격, 자네도 알지 않나? 자기 사람은 끔찍하게 잘 챙긴다는 걸."

"암. 잘 알지. 그러니까 희수 말고 세 명이나 더 받아들였음에도 가만히 있는 거지."

남궁수의 시선이 남궁희수를 지나 제갈령령, 황주연, 서문예지에게 차례대로 닿았다.

세 아이 다 그의 딸인 남궁희수와 마찬가지로 이 세상에서 가장 행복한 사람처럼 웃고 있었다.

그게 기쁘면서도 남궁수는 가슴 한쪽이 이상하게 쓰라렸다.

"원래 진즉에 출가했어야 할 아이들이야. 그러니 너무 슬퍼하지 말게. 늦은 만큼 누구보다 시집을 잘 가지 않았나."

"내가 언제 슬퍼했다고 그래? 막상 떠나보낸다고 생각하니 기분이 좀 이상해서 그렇지.”

“나도 그렇다네. 형언할 수 없는 기분이라고나 할까. 그러면서 한편으로는 시원하다는 생각도 들고 말이지.”

“딸아이의 잔소리를 안 들어도 되니까?”

남궁수와 제갈민이 서로를 쳐다봤다.

묘한 동질감이 느껴지는 표정으로 말이다.

시간이 어떻게 흘러갔는지도 모를 정도로 유하성은 하루를 정신없이 보냈다.

정신을 차려 보니 어느새 하늘이 어둑해져 있는 느낌이라고나 할까.

하도 많은 이들에게 축하를 받아서 그런지 누가 왔고, 오지 않았는지 제대로 기억이 나지 않았다.

하지만 한 가지만은 확실히 알았다.

“두 번은 못 하겠어.”

인생의 선배들이 어째서 한 번에 끝내라고 말했는지 유하성은 절절하게 느꼈다.

이런 일을 한 번 더 치를 자신이 없었다.

체력에는 자신이 있었는데 무공수련에 사용하는 체력과 혼례에 쓰는 체력은 완전히 달랐다.

정말 오랜만에 녹초가 된 느낌에 유하성은 예복을 대충 풀어 헤치고는 벽에 기댔다.

"어후."

본능적으로 나오는 앓는 소리에 유하성은 실소를 흘렸다.

자신의 입에서 이런 소리가 나올 줄은 몰라서였다.

괴물을 상대할 때도 이렇게 힘들지는 않았었다.

"가가."

"지 매구나."

"네."

벽에 기대어 숨을 고르는데 문 너머에서 서문예지의 목소리가 들렸다.

첫날밤의 행운을 서문예지가 뽑은 것이었다.

유하성이 듣기로 공평하게 제비뽑기로 순서를 정할 거라고 들었는데 오늘은 서문예지인 모양이었다.

"들어와."

"네."

이윽고 문이 열리며 유하성과 마찬가지로 예복을 입은 서문예지가 방 안으로 들어왔다.

백화라는 별호가 무색하게 얼굴을 잔뜩 붉히고서 말이다.

하지만 발걸음에 머뭇거림은 없었다.

얼굴이 터질 것처럼 붉었으나 서문예지는 유하성의 앞에 앉았다.

"많이 힘들었지?"

"저보다는 가가가 힘드셨죠. 손님들을 다 상대하셨으니까요. 저희야 넷이 나눠서 응대했지만 가가는 혼자 하셨잖아요."

"난 사실 힘들었어. 처음이라 어찌어찌 버텼지 다시 하라고 하면 못 할 거 같아."

"호호호."

진심이 담겨 있는 말에 서문예지가 손으로 입을 가리고 웃었다.

이렇게 약한 말을 하는 건 처음이라 재미있었던 것이다.

그래서인지 터질 것처럼 빠르게 뛰던 심장이 서서히 본래 속도를 찾아갔다.

"물론 다시 할 생각은 없지만. 내 인생에 더 이상의 혼인은 없어."

"약속하신 거예요?"

"응."

"그럼 약속을 지키셔야죠? 이번에는 가가가 해 주세요."

서문예지가 싱긋 웃으며 외투를 붙잡았다.

과거 얇은 나의만 입고 찾아간 날을 거론하면서 말이다.

그러나 이번에는 유하성도 참을 마음이 없었다.

# 제108장 새로운 시대

원호는 가슴이 떨려 왔다.

숭산의 소림사가 보여서가 아니라 역사의 한복판에 서 있다는 생각이 들어서였다.

옆에 있는 원상 역시 같은 생각인지 얼굴이 살짝 상기되어 있었다.

“너도 떨리냐?”

“떨리기는.”

“얼굴이 붉어져 있는데?”

“아니다.”

단호하게 부정하는 원상의 모습에도 원일은 씨익 웃었다.

거짓말을 하는 게 눈에 훤히 보여서였다.

"소림사는 이렇게 생겼군요. 엄청 고풍스러워 보여요."

"아, 사제는 소림사가 처음이지?"

"네. 서장도 가 봤는데 소림사는 처음이에요."

원경이 주변을 두리번거렸다.

말로는 수도 없이 들었으나 이렇게 직접 찾아온 건 처음이었다.

그래서인지 원경은 신기하다는 눈빛으로 연신 주변을 두리번거렸다.

"여어~! 역시 하성이랑 같이 와서 그런지 약속 시간이 칼 같네?"

"오랜만입니다, 방주님!"

"야야, 그렇게 말하지 마. 오글거리니까."

원호의 인사에 이춘상이 얼굴을 잔뜩 찡그렸다.

대놓고 싫은 표정을 지었던 것이다.

"신임 방주 표정이 왜 그래?"

그 모습에 유하성이 놀리듯이 물었다.

이춘상의 표정을 보니 안 놀릴 수가 없어서였다.

"너까지 그러기냐?"

"그럼 신임 방주를 방주라 그러지 다시 후개라고 불러?"

"평소대로 이름 불러. 너한테서까지 방주라고 불리고 싶지 않다."

이춘상이 평소의 그답지 않게 한숨을 푹푹 내쉬었다.

예상과 달리 빠른 취임에 힘들어하는 기색이 역력했다.

"근데 그렇게 힘든가? 전대 방주님은 하고 싶은 걸 하며 천하를 주유하셨던 걸로 기억하는데."

"제가 알기로도 그렇습니다."

유하성을 보필하기 위해 따라온 원일이 조용히 거들었다.

개방주라고 해서 딱히 업무적으로 힘든 게 없다는 걸 잘 알아서였다.

종이 살 돈이 없어서 말로 모든 걸 전달하는 게 개방이었다.

때에 따라서는 부지런히 움직이기도 하지만 대체적으로 게을렀고 말이다.

"자리의 무게를 니들이 알아?"

"나도 속가장문인이야."

"저는 대제자입니다만. 사부님께서 출타 중이실 때는 제가 장문인 대리로 업무를 처리합니다."

이춘상이 하소연하듯 말했으나 유하성과 원일은 눈곱만큼도 동조해 주지 않았다.

개방주의 자리가 무거운 건 알지만 그렇다고 이렇게 죽상을 할 정도는 아니라고 생각해서였다.

"그렇게 따지면 내가 제일 힘들지. 하성이는 속가장문인이라 속가제자들만 관리하면 된다지만 난 장문인이라고."

"저도 왔어요. 근데 이제는 다들 위치가 달라졌네요. 이 공자는 개방주님이 되셨고, 유 공자는 속가장문인, 그리고 현광 도장은 화산파의 장문인이 되셨으니."

현광과 함께 도착한 나지연이 새삼스럽다는 눈빛으로 일행을 번갈아 바라봤다.

서장에서 함께 싸울 때가 엊그제 같은데 이제는 다들 무림의 거물이 되어 있었다.

"나 소저도, 아니 연화 문주도 이제는 보타문주가 되지 않았습니까."

"에이. 저는 자그마한 암자의 대표자 정도죠."

유하성의 말에 연화가 손사래를 쳤다.

규모만 따지면 개방이나 무당파, 화산파에 비할 바가 아니어서였다.

"보타문이 암자라니. 그건 또 신선한 표현이네요."

"과거 보타암이라 불렸던 시절이 있긴 하지만 지금은 아니지요."

그러나 그녀의 말에 이춘상과 현광은 고개를 저었다.

겸손이 너무 과한 거 같아서였다.

과례는 비례라는 말이 괜히 있는 게 아니었다.

"근데 인원이 휘황찬란하기는 하네. 패왕에 옥면권왕, 화산검왕과 검후라니."

이춘상이 씨익 웃었다.

한 명 한 명의 신분이 어마어마해서였다.

원일만 하더라도 무당파의 대제자이기에 어디를 가도 꿀리지 않는 신분인데 워낙에 대단한 이들이 모여 있어서 그런지 전혀 특별해 보이지 않았다.

"서장에서 혼자 지껄인 게 진짜 별호가 될 줄이야."

"지껄이다니. 내가 미래를 본 거지. 아니, 정확하게는 다짐을 실현시켰다고나 할까."

"저는 삼촌이 대단하다고 생각해요. 아, 방주님."

얌전히 유하성의 옆에 서 있던 이소향이 말을 정정했다.

삼촌이기는 하나 개방의 방주였기에 호칭에 조심했다.

그런데 그 말에 이춘상이 서운한 표정을 지었다.

"소향이까지 방주님이라고 부르다니. 난 삼촌이란 말이 더 좋은데 말이지. 공적인 자리에서야 당연히 방주님이라고 불러야 하지만 지금 같은 사석에서는 편하게 해도 돼."

"그럴까요?"

"물론이지. 우리는 삼촌과 조카 사이잖아?"

"피는 안 섞였지만요."

"어허! 대신 우리에게는 끈끈한 정이 있잖아!"

이춘상이 예의 과장된 목소리로 소리쳤다.

그러자 이소향이 쿡쿡 웃었다.

세월이 꽤 많이 흘렀음에도 처음 만났을 때와 전혀 달라지지 않은 모습에 이소향은 왠지 모르게 기분이 좋아졌다.

"내 제자한테 정 찾지 말고 너도 슬슬 제자를 구해야지?

네 나이도 적지 않다. 현광도 장문인이 되면서 제자를 들였고."

"아주 말썽쟁이지."

유하성과 이춘상의 대화를 듣고 있던 현광이 깊은 한숨을 내쉬었다.

재능은 충만하지만 끼도 덩달아 충만했다.

그래서 현광은 골치가 아팠다.

"내가 소향이를 보면 제자를 들여야지 싶다가도 현광을 보면 망설이게 돼."

"중간일 수도 있죠."

"난 그것도 감당 못 해."

이소향이 조심스럽게 말했으나 이춘상은 단호하게 고개를 저었다.

사고뭉치는 그 하나로 충분했다.

자기 앞가림하기도 바쁜데 제자까지 신경 쓸 정신이 이춘상은 없었다.

"본인은 생각하지 않고 말하네. 취선 대협께서는 오죽했을까라는 생각은 안 해?"

"당연히 안 하지. 그건 지나간 과거니까. 또 난 정신을 차렸잖아."

너무나 당당한 이춘상의 모습에 유하성이 고개를 절레절레 저었다.

그리고 그건 현광도 마찬가지였다.

철면피도 저런 철면피가 없어서였다.

반면에 연화는 그저 웃기만 했다.

언제 봐도 참 재미있는 세 사람이라는 생각이 들어서였다.

저렇게 치고받으면서도 서로를 잘 챙기는 게 세 사람이었다.

'친구면서 경쟁자이기도 하고.'

예전에는 말을 놓는 것에 민감하게 반응했지만 지금은 아니었다.

서로의 위치가 달라지기도 했거니와 이제는 다른 이들의 시선도 생각해야 했다.

그 점에서 연화는 새삼 시간이 많이 흘렀음을 느꼈다.

'앞으로도 이렇게 재미나게 보내겠지?'

연화가 빙긋 웃었다.

보타문에서의 생활도 즐거웠지만 이 정도의 생기와 활력은 없었다.

그리고 경쟁자들이 다들 만만치 않은 만큼 자극도 되었다.

특히나 오늘은 아주 중요한 날이었다.

"아미타불."

"아, 방장님."

"어서 오십시오."

티격태격하는 사이 소림사의 방장인 계광이 나와 있었다.

지난번 전투 때보다 이상하게 더 늙은 듯한 그의 모습에 유하성을 비롯해 모두가 합장을 했다.

"시끄럽게 해서 죄송합니다."

"아닙니다. 오랜만에 모이신 것이지 않습니까. 다 이해합니다."

"이해해 주셔서 감사합니다."

빙그레 웃으며 대답하는 계광을 향해 유하성이 대표로 대답했다.

그러자 계광이 몸을 돌리며 일행을 안내했다.

"따라오시지요. 사부님께서 기다리고 계십니다."

"감사합니다."

다른 이도 아니고 소림사의 방장이 직접 안내해 주겠다는 말에 유하성은 눈을 살짝 크게 떴다.

그러나 따로 묻지는 않았다.

잠시 후 유하성은 소림사에서 살짝 벗어난 숭산의 요지에 도착했다.

아마도 각현이 개인적으로 사용하는 장소인 듯했다.

"오랜만에 뵙습니다, 각현 대사님. 잘 지내셨는지요?"

"허허허. 이 늙은이야 늘 똑같지요. 그보다 그렇게 다 같이 모여 있는 걸 보니 예전 생각이 나는군요."

얼굴에 잔주름이 늘어난 듯한 각현이 인자하게 웃으며 유하성과 이춘상, 현광, 연화를 차례대로 바라봤다.

그러고는 이소향과 원일, 원상, 원호하고도 눈을 마주했다.

"명천 사백께서 안부를 전해 달라고 하셨습니다."

"제 사부님도요."

"사부님께서도 안부를 전해 달라고 하셨습니다."

"저희 사부님은 별말씀 없으셨어요."

유하성을 시작으로 이춘상과 현광, 연화가 연이어 소식을 전했다.

그런데 네 사람을 뚫어져라 쳐다보는 승려가 한 명 있었다.

바로 계광의 제자이자 각현이 사사하고 있는 범유였다.

'저분이 무당의 패왕.'

범유의 동공이 흔들렸다.

승려답지 않게 복잡한 심사가 그의 두 눈 안에서 휘몰아치고 있었다.

어떤 연유로 이곳을 찾아왔는지 들었기에 범유는 흔들리는 눈으로 유하성을 바라봤다.

'정말 자신이 있는 걸까?'

개방의 방주, 화산파의 장문인, 보타문주가 함께 있었으나 범유의 시선은 못 박힌 것처럼 유하성에게서 움직이지 않았다.

오늘의 자리가 유하성의 서신으로 인해 이루어졌음을 그

는 알고 있어서였다.

'아무리 패왕이 대단하다고 하나 사조님에 견줄 정도는 아냐.'

범유가 단호하게 고개를 저었다.

시대가 바뀌었음을 범유도 알고 있었다.

당장 천하십대고수만 하더라도 새로운 이름이 많았다.

물론 가장 앞에는 여전히 성승이 있었으나 범유는 이상하게 불안했다.

"불안한 게냐?"

"……사부님."

"불안할 것도, 긴장할 것도 없다. 모든 건 순리대로 흐를 테니까. 다만 나는 걱정이구나. 네가 저 벽에 좌절하지는 않을까."

어느새 범유의 옆에 선 계광이 심유한 눈으로 유하성과 이춘상, 현광, 연화를 차례대로 주시했다.

이제는 신진고수를 넘어 당당히 천하십대고수에 이름을 올린 이들이었다.

유하성은 말할 것도 없었고, 이춘상과 현광은 당당히 옥면권왕과 화산검왕이라는 칭호를 손에 넣었다.

그런 이들과 같은 시대를 살아가야 했기에 계광은 걱정이 되었다.

"느릴지라도 꾸준히 정진하겠습니다. 그리고 다시 되찾아오겠습니다. 언젠가는 패왕이 최고가 되겠지요. 하지만 머지 않은 시일에 반드시 되찾겠습니다. 최고의 자리를요."

"그래. 그 마음가짐이면 되었다."

죽은 범구를 대신해 소림사의 대제자가 된 게 범유였다.

비록 재능은 범구에 비해 조금 부족할지 모르나 대신 범유에게는 다른 재능이 있었다.

범구에게 없는 재능이 말이다.

그렇기에 계광은 믿고, 기대했다.

"갑작스러운 부탁임에도 들어주셔서 감사합니다, 대사님."

"안 그래도 마음의 준비를 하고 있었습니다. 왠지 곧 연락이 올 것 같았거든요."

정중히 고개를 숙이는 유하성을 향해 각현이 인자하게 웃었다.

그러면서 새삼스러운 눈으로 유하성을 바라봤다.

무섭게 성장하는 걸 알았지만 어느새 이렇게나 발전할 줄은 몰랐다.

하지만 그렇다고 봐줄 생각은 없었다.

"명천 사백을 보니 더 늦어지면 안 될 것 같더라고요."

"그게 아니라 자신이 생긴 것 아닙니까?"

각현이 다 알고 있다는 듯이 말했다.

그 모습에 유하성도 열게 웃었다.

"자신이 있다기보다는 그래도 쉽게 지지는 않겠다라는 생각으로 왔습니다. 사실 이런 자리는 처음이지 않습니까? 그래서 많이 배우겠다는 마음가짐으로 왔습니다."

"배울 게 있을지 모르겠습니다."

"아직 많이 남았다고 생각합니다. 무도(武道)에는 끝이 없으니까요."

"맞는 말입니다. 정말, 끝이 없지요."

각현은 귀단문주를 시작으로 삼불을 떠올렸다.

불가에 귀의한 몸이지만 그도 사람이었다.

한창 혈기가 왕성했을 때는 자신이 최고라는 생각에 들떴던 적도 있었다.

그러나 세상은 넓고 강자는 많았다.

괜히 하늘 밖의 하늘이라는 말이 있는 게 아니었다.

귀단문주와 혈불을 보고 각현은 자신이 우물 안 개구리였음을 느꼈었다.

"그래서 앞으로도 계속 배우고, 노력할 생각입니다. 제자에게 배운 것도 있고요."

"허허허. 그게 유 공자의 비결이었군요."

각현의 눈이 살짝 커졌다.

동시에 감탄했다.

유하성이 어째서 이렇게 빨리 발전하는지 그 방법을 살짝 이나마 본 듯한 느낌이었다.

한편 이소향은 난데없이 자신의 이야기가 나오자 몸을 비비 꼬았다.

"비결까지는 아닙니다. 그저 노력할 뿐이지요."

"그게 참 쉬우면서도 쉽지 않지요. 그럼 시작할까요?"

"예."

두 사람의 말에 일행이 멀찍이 떨어졌다.

유하성과 각현이 편히 비무할 수 있도록 최대한 공간을 만들어 준 것이었다.

그와 동시에 다들 눈빛이 달라졌다.

지금의 비무는 단순히 성승과 패왕의 대결이 아니었다.

"누가 이길 거라 생각해?"

"단순히 경지만 따지자면 아무래도 아직은 각현 대사님이 위시지. 근데 그 차이를 뒤집을 수 있을 거라고 생각하니까 하성이가 나섰겠지?"

"내 생각은 조금 다른데."

이춘상이 현광을 쳐다봤다.

당연히 비슷하게 생각할 거라고 예상했는데 그게 아니라고 해서였다.

연화 역시 이춘상과 같은 마음인 듯 현광을 바라보고 있었다.

"어떻게?"

"왜 하성이가 낮을 거라고 생각해?"

"어……."

"네 말대로 반 수 정도의 차이는 다른 요인으로 충분히 뒤집어질 수 있지. 그런데 하성이가 그런 승리를 원할까?"

이어지는 현광의 말에 이춘상은 물론이고 연화의 동공이 커졌다.

듣고 보니 일리가 있어서였다.

두 사람이 아는 유하성은 은근히 완벽주의자였다.

어설픈 승리는 유하성 쪽에서 원하지 않을 가능성이 높았다.

"확실히 유 공자님의 성격을 생각하면 그럴 가능성도 충분히 있어요."

"저도 말은 이렇게 했지만 장담하지는 못합니다. 또 각현 대사님도 허송세월을 보내지는 않으셨을 테니까요."

연화를 보며 현광이 머쓱한 표정을 지었다.

개인적인 생각이지 확신을 하는 건 아니었다.

다만 지금껏 보아 온 유하성의 성격으로 유추한 것뿐이었다.

"저는 무조건 사부님 편이에요."

"나도."

"무당파는 당연히 사숙을 응원해야지."

일단은 지켜보자는 이춘상, 현광, 연화와 달리 이소향을 비롯해서 원호와 원상은 무조건 유하성 편이었다.

각현이 강하다는 건 세 사람 다 알았다.

과거에도 그렇고 현재까지도 중원제일인은 각현이었다.

그러나 오늘 이 자리에서 새로운 시대가 열릴지도 몰랐다.

"반대로 소림사 측에서는 각현 대사님이 이기길 바라겠지. 최고라는 명예를 조금은 더 가지고 있고 싶을 테니까."

"그리고 언젠가는 되찾겠다고 다짐하겠지."

"근데 쉽지는 않을 거야. 나도 있으니까."

"너만 있어? 나도 있지."

"저도 있어요."

이춘상과 현광의 대화에 연화가 끼어들었다.

그녀도 따라잡히거나 추월당할 생각은 전혀 없었다.

오히려 추월하면 모를까.

연화는 불제자이지만 동시에 무인이었다.

"슬슬 시작하려는 모양이네."

"기대되네. 어떤 모습을 보여 줄지."

거지에 도인, 비구니가 모여 있었으나 눈빛은 하나같이 똑같았다.

다들 호승심 가득한 눈빛으로 두 눈을 부릅뜨고 있었다.

단 한순간도 놓치지 않겠다는 듯이 말이다.

휘이이잉.

한 줄기 바람이 공터를 쓸고 지나갔다.

낙엽을 머금은 선선한 가을바람을 느끼며 유하성은 삼 장 정도의 거리를 두고 서 있는 각현을 주시했다.

과거에도 그렇고 지금까지도 무림의 거인으로 존재하는 무인이 성승 각현이었다.

귀단문과 혈뇌음사로 인해 천하제일인이라는 칭호가 퇴색되기는 했으나 여전히 중원제일인은 그였다.

'여전하네.'

조금의 미동도 없이 완벽하게 서 있는 각현의 모습에 유하성은 역시나라는 생각이 들었다.

시간은 공평하다는 말처럼 발전한 건 그만이 아님을 느낄 수 있어서였다.

동시에 늦지 않아 다행이라고 생각했다.

약해진 각현을 상대로 이기는 건 개운하지 않았다.

자고로 무인이라면, 천하를 논할 승부라면 뒷맛이 쓰지 않아야 했다.

깔끔하게 결판을 내야 승자도 패자도 미련이 없는 법이었다.

"강호의 선배로서 선공을 양보하겠습니다. 오십시오."

"거절하지 않겠습니다."

거기까지 생각했을 때 각현이 입을 열었다.

예의 대자대비한 미소와 함께 반장을 해 왔던 것이다.

그러나 유하성은 달려들지 않았다.

스윽.

노쇠한 각현과 달리 유하성의 육체는 한창 전성기를 달리고 있었다.

그런 만큼 육체적인 부분을 십분 활용하는 것도 한 가지 방법이었다.

하지만 유하성은 그럴 생각이 없었다.

천하제일이라는 칭호를 그런 식으로 가져오고 싶지 않아서였다.

웅웅웅!

대신 현재 각현에게 유리한 방식으로 도전했다.

말 그대로 정면승부를 건 것이었다.

쌔애애액!

영롱한 푸른빛으로 빛나는 주먹이 허공을 가로질렀다.

강환으로 이루어진 주먹이 각현에게 쇄도했던 것이다.

그리고 그 순간 각현의 전신에서 찬란한 황금 빛이 솟구쳤다.

꽈아앙!

눈부신 황금 빛은 순식간에 각현을 휘감았다.

호신강기처럼 그를 감싸고는 유하성이 날린 강환을 튕겨 냈다.

그러나 놀라운 일은 그다음에 일어났다.

츠츠츠츠!

황금 빛으로 빛나는 불상이 나타났던 것이다.

과거 혈불이 보여 주었던 것과 너무나 흡사한 모습에 지켜보던 모두가 입을 쩍 벌렸다.

하나 유하성은 달랐다.

처음이 아니기도 했거니와 어느 정도는 예상했기에 재차 강환을 날렸다.

쌔애액!

이번에는 하나가 아닌 두 개의 강환이 맹렬한 기세로 각현에게 파고들었다.

방금 전에 튕겨져 나갔다는 사실을 전혀 모르는 것처럼 말이다.

그런데 이번에는 각현도 가만히 있지 않았다.

우우우웅!

황금빛 불상의 양손이 느릿하게 움직였다.

그러더니 익숙한 초식을 펼치기 시작했다.

바로 칠십이종절예 중 하나인 천수여래장(千手如來掌)이 펼쳐진 것이었다.

콰직! 콱!

황금빛으로 이루어진 천 개의 손이 순식간에 공간을 집어삼켰다.

그리고 그중에는 유하성이 펼친 강환 두 개도 있었다.

무서운 속도로 공간을 집어삼킨 천수여래장은 삽시간에 유하성의 지척까지 접근했다.

강환에 이어 유하성도 삼켜 버리려는 것이었다.

스윽.

그러나 유하성은 허공을 빼곡히 채운 천수여래장을 보고도 물러나지 않았다.

위력을 뻔히 봤음에도 피할 기미를 보이지 않았던 것이다.

대신 유하성은 의미심장한 표정으로 오른손을 들어 올렸다.

그러자 놀라운 일이 벌어졌다.

주르륵!

무시무시한 기세를 흩뿌리며 공간을 잠식해 가던 천수여래장이 유하성에게 닿기 직전 미끄러졌다.

저돌적인 기세와 달리 너무나 무기력하게 미끄러지는 모습에 각현은 물론이고 지켜보는 모두가 두 눈을 휘둥그레 떴다.

하지만 놀람은 잠시뿐이었다.

이내 정신을 차린 각현은 재차 천수여래장을 조종했다.

천 개나 되었지만 각현은 그 하나하나를 모두 통제할 수 있었다.

그리고 이번에는 정면뿐만 아니라 전후좌우와 머리 위까지 전부 공격했다.

허공답보를 펼쳐서 빠져나갈 것까지 감안한 것이었다.

주륵! 콰콰콰쾅!

그러나 이번에도 역시 천수여래장은 유하성에게 닿지 못했다.

전후좌우며 모든 방향에서 미끄러지며 애꿎은 땅바닥만 두들겼다.

"으음!"

그 모습에 각현의 얼굴이 딱딱하게 굳어졌다.

설마하니 유하성이 이렇게 완벽하게 막아 낼 줄은 몰라서였다.

그래서 그는 두 눈을 부릅뜨고서 유하성을 뚫어져라 응시했다.

대체 어떤 수법으로 그의 천수여래장을 막아 냈는지 알아내기 위해서였다.

콰콰콰쾅!

물론 단순히 지켜보기만 하지는 않았다.

어떤 방식으로 천수여래장을 흘려 내는지 알기 위해 각현은 계속해서 공세를 이어 갔다.

유하성의 집중력이 흐트러져 천수여래장이 파고들어도 괜

찮았고 말이다.

그러나 아무리 두들겨도 결과는 달라지지 않았다.

콰앙! 콰과광!

유하성의 가벼운 손짓에 천수여래장이 미끄러졌다.

궤적을 비튼 것이 아니라 말 그대로 미끄러지는 모습에 각현이 미간을 좁혔다.

그로서는 아무리 봐도 이해가 되지 않아서였다.

하지만 얻은 게 아예 없는 건 아니었다.

'공격용은 아니다.'

각현의 천수여래장을 완벽하게 흘려 내고 있었으나 딱 거기까지였다.

시간이 제법 흘렀음에도 유하성은 반격하지 않았다.

그 이유를 각현은 딱 하나뿐이라고 생각했다.

만약 공격이 가능했다면 유하성이 지금까지 반격하지 않았을 리가 없었다.

'어쩌면 저게 태극권의 극의일 수도 있다. 애초에 태극권은 극유(極柔)를 추구하는 무공. 십단금을 탄생시켰다고 하나 그 근본은 어디로 가지 않는 법.'

소림사의 모든 무공은 역근경과 세수경에서 시작되었다.

그렇기에 칠십이종절예는 하나같이 역근경과 세수경의 특징을 가지고 있었다.

가지의 형태는 달라도 뿌리는 똑같다고 할까.

그리고 그건 무당파 역시 마찬가지였다.

'그렇다면 내가 유리하다. 하지만 유 공자가 이걸 모를까?'

유하성은 유리하게 싸울 수 있는 방법이 있음에도 스스로에게 불리한 방식을 택했다.

그를 존중해서일 수도 있지만 다르게 생각하면 이런 방식으로도 자신이 있다는 뜻이었다.

더욱이 각현이 아는 유하성은 결코 어리석은 인물이 아니었다.

내력 대결로 비무가 이어지면 자신이 불리하단 사실을 잘 알고 있을 터였다.

'분명 믿고 있는 수가 있다.'

각현의 눈동자가 깊게 가라앉았다.

암만 생각해도 결론은 하나뿐이었다.

그렇기에 각현은 승부수를 띄웠다.

믿고 있는 게 있다면 그걸 사용하기 전에 승부를 보면 되었다.

파파팟!

전성기가 한참이나 지났지만 각현은 육체단련을 하루도 거르지 않았다.

삼불을 보고 느낀 게 있었기에 소림사로 돌아온 뒤 각현은 육체수련의 비중을 높였다.

노쇠한 육체를 다시 전성기 시절로 되돌리는 건 불가능했으나 어느 정도 끌어올리는 건 가능했다.

또한 새삼 체력의 중요성을 깨달았기에 단련했고, 이제는 전성기 때만큼은 아니지만 사천성에서 싸울 때보다는 훨씬 나아진 상태였다.

"연대구품(蓮臺九品)!"

땅을 박찬 각현의 몸이 아홉 개로 나누어지자 범유가 경악하듯 소리쳤다.

연대구품에 대해서 들어 본 적은 있어도 이렇게 직접 본 건 처음이었기 때문이다.

그리고 놀란 건 유하성 일행도 마찬가지였다.

연꽃을 타고서 허공을 가로지르며 각기 다른 초식을 펼치는 모습에 모두가 감탄했다.

투웅. 투두두둥.

예상했던 것과 달리 서슴없이 근접전을 펼치는 모습에 당황할 법도 한데 유하성은 그렇지 않았다.

천수여래장이나 근접전이나 유하성에게는 똑같았다.

조금 의외이긴 했으나 놀랄 정도는 아니었다.

그 사실을 증명하듯 유하성은 아홉 방향에서 쏟아지는 각현의 파상공세를 유려하게 흘려 냈다.

"흐읍!"

모든 공격을 전부 다 흘려 내는 유하성의 모습에 각현의 입술이 한일(一)자를 그렸다.

회심의 일격조차 이렇게 막아 낼 줄은 몰라서였다.

게다가 문제는 여전히 무슨 수법으로 그의 공격을 흘려 내는지 알 수 없다는 점이었다.

그야말로 완벽한 방어에 각현의 미간이 서서히 좁혀졌다.

"이번에는 제가 가겠습니다."

"음?"

한데 그때 유하성이 입을 열었다.

그리고 그 순간 각현의 뇌리에 경종이 울려 퍼졌다.

본능적으로 무언가 위험한 게 다가옴을 느낀 것이다.

직감이 알려 주는 위험에 각현은 쌍장을 내질렀다.

스르륵.

하지만 금광을 가득 머금고 있는 천수여래장은 무언가를 막지 못했다.

유하성이 쏘아 낸 무언가가 그의 천수여래장을 통과해서였다.

난생처음 겪어 보는 희한한 일에 각현의 두 눈이 휘둥그레졌을 때 무언가가 그의 목에 닿았다.

보이지는 않지만 둔탁하고 묵직한 무언가는 각현에게 한 가지를 떠올리게 만들었다.

"……설마?"

"짐작하시는 게 맞을 겁니다."

각현이 경악한 표정을 지었다.

그와 동시에 그는 모든 게 이해가 되었다.

유하성이 어떻게 그의 공격을 흘려 냈는지, 어째서 천수여래장을 관통했는지 말이다.

"허허허! 허허허허!"

쌍장을 내지른 자세 그대로 각현이 너털웃음을 흘렸다.

그러나 분노하거나 허탈해하는 건 아니었다.

그저 감탄하고 또 감탄했다.

그조차도 끄트머리가 보일락 말락 하는 경지에 유하성이 먼저 올랐다고 하자 각현은 진심으로 감탄함과 동시에 부러웠다.

'새로운 시대가 열렸구나.'

각현은 두 눈을 감았다.

사실 그도 알고 있었다.

곧 유하성이 새로운 시대를 열 것임을 말이다.

하지만 이렇게 빨리 그때가 올 줄은 몰랐다.

'이 또한 자연의 이치이지.'

놀라기도 하고 부럽기도 했지만 각현은 이내 웃었다.

달도 차오르면 기울게 마련이고 이 세상에 영원한 건 없었다.

그러니 그의 시대가 저물고 유하성의 시대가 떠오르는 건 자연의 이치이자 섭리였다.

"축하드립니다, 유 공자. 그리고 잘 부탁합니다."

"최선을 다하겠습니다."

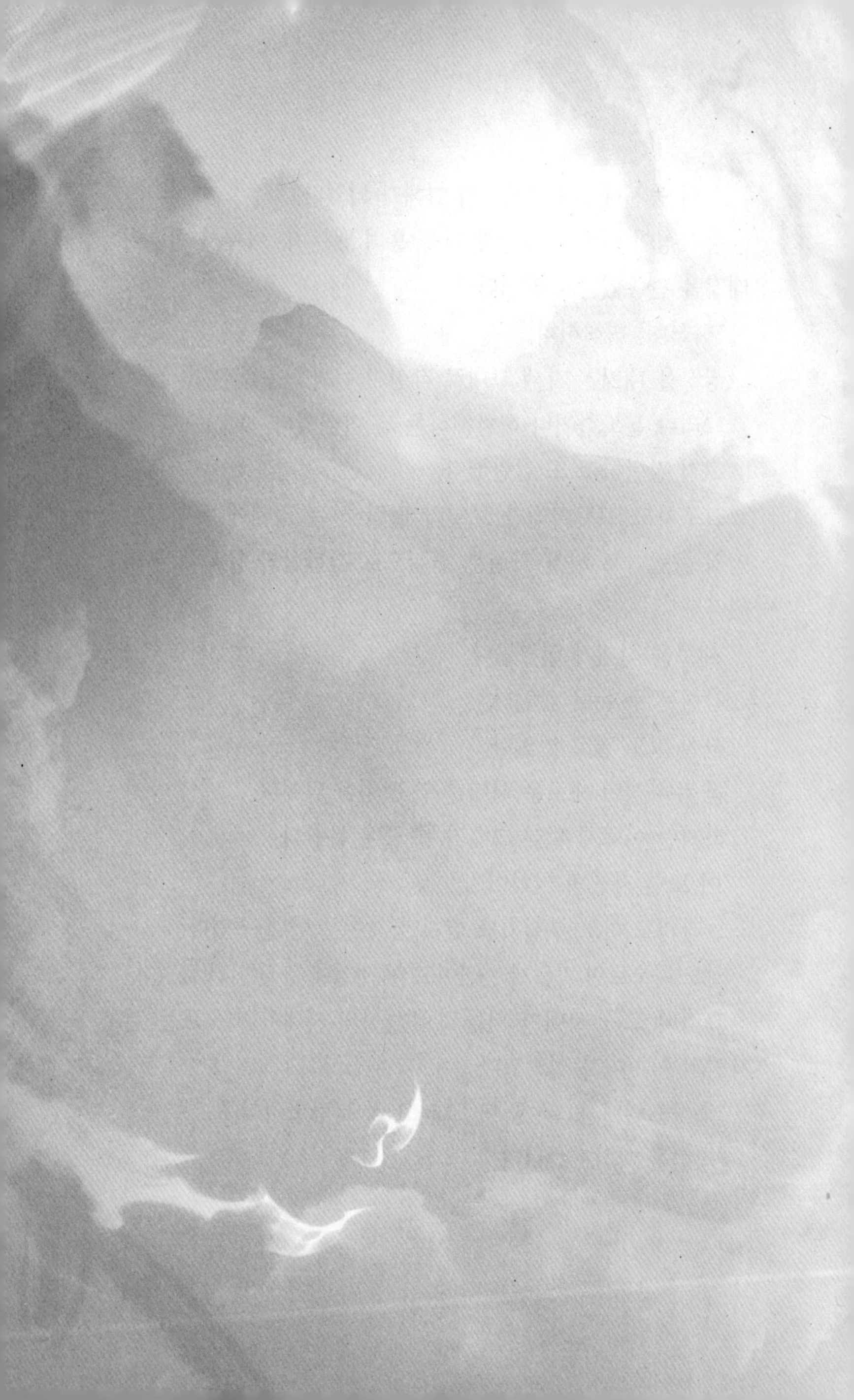

# 제109장 천하제일문天下第一門

진심을 담아 축하해 주는 각현을 향해 유하성이 정중히 포권했다.

잘 부탁한다는 의미를 그는 알고 있어서였다.

그래서인지 각현의 표정이 한결 가벼워져 있었다.

이제는 어깨에 짊어지고 있던 의무를 내려놓아도 되어서였다.

"뭐야? 뭐가 어떻게 된 거야?"

"하성이가 뭔가를 한 거 같은데……."

"네 눈에는 보였어?"

"전혀."

한편 이춘상과 현광을 비롯한 일행은 어리둥절한 표정을

지었다.

대체 어떻게 결판이 났는지 알 수가 없어서였다.

심지어 밀리고 있던 건 유하성이었다.

한데 두 사람의 대화를 들어 보면 유하성이 승리한 듯싶었다.

"문주님은요?"

"저도 못 봤어요."

이춘상을 향해 연화가 고개를 저었다.

눈 한 번 깜빡이지 않고 집중했지만 그녀 역시 아무것도 보지 못했다.

그런데 그건 계광과 범유도 마찬가지였다.

몰아붙이던 각현이 갑자기 패배한 것처럼 말하자 두 사제는 똑같이 얼빠진 표정을 지었다.

"분명 승기는 대사님이 쥐고 계셨는데……."

"맞아. 시종일관 밀어붙이셨지. 물론 유효타는 하나도 없었지만."

"근데 반격도 없었어. 마지막에 딱 한 번을 제외하면."

"거기서 승부가 갈렸다는 건데. 대체 어떻게 한 거야?"

이춘상과 현광이 답답하다는 듯이 가슴을 탕탕 두드렸다.

그러나 가슴을 탕탕 두드린다고 모르는 걸 알 수 있게 될 리가 없었다.

그래서 두 사람은 유하성을 뚫어져라 바라봤다.

"역시 우리 사부님!"

"지, 진짜 이기셨어."

"허! 성승 대협을……."

답답한 기색인 세 사람과 달리 이소향은 유하성의 승리에 순수하게 기뻐했다.

애초에 이소향이 볼 수 있는 건 한계가 있어서였다.

반면에 원호와 원상은 어안이 벙벙한 표정을 지었다.

응원하기는 했으나 진짜 각현을 상대로 승리할 줄은 몰라서였다.

"이게 꿈은 아니겠지?"

"서로 꼬집어 보자."

냉철한 원상마저도 지금의 상황이 믿기지 않는지 원호와 함께 서로의 볼을 꼬집었다.

꿈인지 생시인지 확인하기 위해서였다.

"으악!"

"아픈 걸 보면 이게 현실이라는 이야기인데……."

"그냥 순수하게 믿으면 안 되냐?"

둘의 모습에 보고 있던 원일이 실소를 흘렸다.

원호야 그렇다 치더라도 원상까지 이럴 줄은 몰라서였다.

"보고도 믿기지가 않아서요. 전대 장문인께서도 넘지 못한 각현 대사님을 사숙이 뛰어넘은 거니까요."

"대단한 일이지. 그리고 경사이기도 하고. 하지만 이게 끝이 아냐. 차지하는 것도 어렵지만 지키는 것도 힘들어.”

원일의 시선이 이춘상, 현광, 연화에게로 향했다.

순수하게 재능만 따지면 유하성 이상인 게 세 사람이었다.

그렇기에 기뻐하기는 하되 방심해서는 안 되었다.

“장문인께 소식을 전해야겠어요.”

“저쪽은 죽상이네. 세상에 살면서 소림사 방장이 저런 표정을 지을 줄이야.”

시간이 흘러감에 따라 정신을 차린 계광과 범유가 침통한 표정을 짓자 원호가 키득거렸다.

살면서 이런 날이 올 줄은 몰라서였다.

그래서 그런지 묘하게 통쾌한 기분이 들었다.

늘 소림사에 밀렸었는데 지금은 역전된 느낌이었다.

“다들 표정 관리 해. 이제부터는 행동거지도 조심해야 해. 우리의 실수 하나로 사문과 사숙께 폐를 끼칠 수 있어.”

“예!”

“조심하겠습니다!”

틀린 말이 아니기에 다들 원일을 향해 우렁차게 대답했다.

아직 어린 이소향마저도 말이다.

“수고하셨어요, 사부님!”

“잘 봤니?”

그사이 각현과 대화를 마친 유하성이 다가왔다.

방금 전까지 살벌한 비무를 했다고는 믿기 힘들 정도로 평온한 신색으로 말이다.

호흡 하나 흐트러지지 않은 유하성의 모습에 모두가 속으로 감탄했다.

"네! 처음부터 끝까지 놓치지 않고 다 봤어요!"

"지금 당장은 아니지만 나중에 소향이에게 큰 도움이 될 거야. 그러니 잘 기억해 둬. 알았지?"

"네!"

머리를 쓰다듬으며 해 주는 말에 이소향이 환하게 웃었다.

어째서 유하성이 자신을 여기까지 데려왔는지 이소향은 잘 알아서였다.

그래서 이소향은 말한 대로 눈 한 번 껌뻑이지 않고 모든 걸 머리에 담았다.

지금은 크게 도움이 안 되겠지만 나중에는 천금과도 같은 가치를 지닐 게 분명했다.

"흠흠! 어떻게 한 거야?"

"뭘?"

"모른 척하지 말고 좀 말해 주면 안 되냐?"

화기애애한 사제에게 이춘상이 슬그머니 다가왔다.

그런데 다가온 건 그 혼자만이 아니었다.

현광과 연화도 은근슬쩍 접근해서는 귀를 쫑긋거렸다.

"뭘 말해 달라는 거야?"

"마지막에. 어떻게 결판이 난 거야?"

"봤잖아?"

재차 묻는 이춘상을 향해 유하성이 천연덕스럽게 대답했다.

마치 다 봤으면서 왜 묻냐는 듯이 말이다.

그 말에 이춘상이 입술을 삐죽 내밀었다.

"본 건 맞는데 이해가 안 되니까 그러지. 도대체 무슨 수를 쓴 거야?"

"지금 비장의 한 수를 가르쳐 달라는 거야?"

"어, 그런 뜻이 아니라……."

"나는 나름 많이 양보했어. 솔직히 안 보여 줘도 되는데 개방과 화산파, 보타문에 보여 준 거야. 비밀 비무를 해도 됐는데 말이지."

"끄응!"

이춘상이 앓는 소리를 냈다.

전부 다 맞는 말이었기에 뭐라 할 말이 없어서였다.

하지만 이춘상에게는 동료가 있었다.

"그럼 이것만 대답해 줘. 내가 생각하는 게 맞아?"

"아마도?"

떠보듯이 물어보는 현광을 향해 유하성이 두루뭉술하게 대답했다.

똑같이 되돌려주었던 것이다.

그런데도 현광은 물론이고 연화도 고개를 주억거렸다.

"기회는 또 있으니까."

"근데 진짜 따라오려고?"

"네가 괜찮다고 하면."

현광이 무슨 문제라도 있느냐는 듯이 물었다.

그런데 그건 연화도 마찬가지였다.

보타문과 정반대에 있는 곳인데도 연화는 허락해 주면 따라가고 싶다는 눈빛을 보내왔다.

"나야 안 될 건 없는데."

"이참에 우리도 안면을 트면 좋지. 좋은 관계를 유지하는 것도 침공을 막는 좋은 방법이니까."

"그렇긴 하지."

맞는 말이었기에 유하성은 고개를 주억거렸다.

그의 입장에서도 함께 가면 든든하기도 했고.

별일은 없을 거라 생각하지만 세상일이라는 게 또 어떻게 흘러갈지 몰랐기에 친구들이 함께해 준다면 유하성으로서도 좋았다.

"나도 간다. 세상을 두루 살펴보는 것도 개방주의 일이니까."

"다른 목적이 있는 것 같은데."

"나만 그런 건 아니잖아?"

이춘상이 히죽 웃으며 현광과 연화를 차례대로 쳐다봤다.

두 사람 다 마찬가지라는 듯이 말이다.

그 행동에 유하성은 피식 웃고 말았다.

작은 산을 통째로 깎아서 만든 것 같은 웅장한 사찰의 모습에 유하성은 물론이고 일행이 눈을 반짝였다.

말로만 듣던 곳에 도착하자 다들 신기한 표정을 지었던 것이다.

사찰 같으면서도 언뜻 보면 궁전 같기도 한 이국적인 건축물을 유하성은 찬찬히 올려다봤다.

"네 부탁대로 서신을 보내기는 했는데 잘 전달이 되었을지 모르겠네."

"안 되면 별수 없고."

"방법이 있어?"

소림사가 있는 숭산에서 서장의 포달랍궁까지 따라온 이춘상이 짐짓 궁금한 기색을 숨기며 물었다.

말투가 따로 생각해 둔 게 있는 듯해서였다.

"연락이 닿지 못했다면 다른 방식으로 만나고 싶다는 걸 알리면 되잖아?"

"그러니까 어떻게?"

"느낄 수 있게."

유하성은 포달랍궁의 정문을 바라봤다.

그런데 주변 사람들과 전혀 다른 복식의 옷을 입고 있음에도 이쪽을 주시하는 시선은 없었다.

잠시 머물기만 했을 뿐 이내 다른 곳으로 옮겨 가는 시선에 유하성은 서서히 존재감을 드러냈다.

"호오."

"확실히 이런 방법이라면 반응을 안 할 수가 없겠네."

이춘상과 현광이 고개를 주억거렸다.

싸우려고 온 게 아니라는 듯이 투기를 싹 뺀 존재감은 유하성을 중심으로 동심원을 그리며 사방으로 퍼져 나갔다.

그리고 얼마 안 가 정문이 소란스러워졌다.

안쪽에서 일단의 무리가 황급히 뛰쳐나왔던 것이다.

"효과 한번 직빵이네."

"그러게."

우르르 몰려나오는 노승들의 모습에 현광이 허탈한 표정을 지었다.

일이 이렇게 쉽게 풀릴 줄은 몰라서였다.

물론 갑작스러운 상황에 노승들의 얼굴이 다들 딱딱하게 굳어져 있었으나 중요한 건 이쪽을 찾아오게 만들었다는 점이었다.

"저기 중앙의 제일 왜소한 체구의 노승이 궁주야."

"그럴 것 같았어."

체면도 잊은 채 헐레벌떡 뛰어나온 노승들 중 한 명을 이춘상이 눈짓으로 가리키며 소곤거렸다.

유하성이 포달랍궁에 간다고 했을 때 주요 인물에 대해서 조사했기에 이춘상은 궁주를 한눈에 알아볼 수 있었다.

"기도가 다르긴 하네."

"그러니까."

"이 무슨 무례한 짓인가!"

한달음에 달려왔는지 궁주를 비롯해서 노승들의 얼굴이 하나같이 옅게 상기되어 있었다.

다들 다급하게 달려온 것이었다.

그중 장로로 보이는 장대한 체구의 노승이 버럭 소리를 질렀다.

"먼저 연락을 드렸는데 답신이 없었습니다. 그래서 이렇게 결례를 범하게 되었습니다."

"연락?"

주변을 쩌렁쩌렁하게 울리는 대성일갈에도 유하성은 물론이고 일행 중 누구도 긴장하지 않았다.

노승이 목소리에 내공을 실었으나 유하성이 허공에서 무형지기로 흩뜨렸기에 아무런 영향을 끼치지 못한 것이었다.

대신 포달랍궁의 궁주가 얼굴 가득 의아한 표정을 지으며 노승들 중 한 명을 쳐다봤다.

"서, 설마?"

궁주의 시선에 멀쑥한 체격의 노승이 눈을 동그랗게 떴다.

유하성의 말에 떠오르는 게 있어서였다.

"늦었지만 인사드리겠습니다. 무당파의 유하성이라고 합니다."

"패왕!"

얼굴은 몰라도 이름과 별호는 아는지 곳곳에서 탄성 섞인 음성이 터져 나왔다.

동시에 궁주의 시선을 받았던 노승의 안색이 해쓱하게 변했다.

설마하니 진짜 유하성이 찾아올 줄은 몰라서였다.

"어떻게 된 거지?"

"그게, 그러니까……."

노승이 마른침을 삼켰다.

하지만 고민은 짧았다.

이내 그는 어느 날 갑자기 날아온 서신에 대해서 보고했다.

"전달이 되긴 한 모양이네요."

"미안하오. 아무래도 처음 있는 일이기에 약간의 실수가 있었던 모양이오."

이쪽의 실수가 명확했기에 궁주는 곧바로 사과했다.

유하성이 결례를 저지르기는 했으나 이유는 합당했다.

또한 공격할 의도가 없음을 처음부터 드러냈기에 궁주는 정중히 반장을 하며 고개를 숙였다.

"괜찮습니다. 어쨌든 결과적으로 이렇게 궁주님을 뵐 수 있게 되었으니까요."

"비무를 청했다고 들었소이다."

"예."

"이유가 무엇이오?"

꽤 오래전에 도착한 서신이고 대충 읽고서 소각했기에 노승이 기억하는 내용은 별로 없었다.

비무를 청한다는 내용만 확실하게 기억하고 있었기에 궁주는 이유를 물었다.

"세상을 직접 겪어 보기 위해서입니다. 아실지 모르겠지만 과거 저를 비롯해서 일행은 서장에 찾아온 적이 있습니다. 혈뇌음사와의 전쟁 때문이지요."

"알고 있소이다."

혈뇌음사의 멸문은 서장무림에게도 충격적이었다.

그러나 혈뇌음사에 동정심을 가지는 사람은 없었다.

워낙에 패악질을 많이 부렸기에 오히려 꼴좋다고 생각하는 이들이 많았다.

한데 그 혈뇌음사를 무너뜨린 이들 중 한 명이라고 하자 궁주는 살짝 놀란 표정을 지었다.

"삼불을 만나고 정말 큰 충격을 받았습니다. 그리고 깨달았지요. 세상은 넓고 강자는 많다는 사실을요. 그래서 궁주님께 한 수 가르침을 받고자 이렇게 방문하게 되었습니다.

물론 첫 단추를 잘못 끼우긴 했지만요."

"그런 이유라면야."

궁주는 고개를 주억거렸다.

충분히 납득이 되어서였다.

더해서 궁금하기도 했다.

추후 중원무림을 호령할 강자인 유하성의 수준이 어느 정도일지 말이다.

'만만한 상대는 아니다.'

궁주의 눈빛이 진중해졌다.

나이는 그보다 한참이나 어렸으나 유하성의 무경은 패왕이라 불리기에 부족함이 없었다.

아니, 정문에서 폭발적으로 증가하는 존재감을 느끼고서 경악했다.

분명 전력이 아닐 텐데도 느껴지는 수준이 그와 비교해도 큰 차이가 없어서였다.

'그러니까 호기롭게 여기까지 왔겠지만.'

아무리 싸울 의지가 없다 하더라도 상대방이 모욕감을 느꼈다면 전쟁이 일어나도 하등 이상하지 않았다.

그걸 알 텐데도 이렇게 직접 찾아왔다는 건 딱 한 가지만을 의미했다.

어떤 상황이 벌어지더라도 몸을 빼낼 자신이 있다는 뜻이었다.

그리고 정보를 책임지는 장로의 전음을 듣고 궁주는 그게 충분히 가능하다고 생각했다.

'개방주에 화산파 장문인, 당대의 검후라.'

유하성만큼 압도적인 무명을 날리지는 못했으나 그렇다고 해서 세 사람이 만만한 건 절대 아니었다.

반대로 유하성이 없다면 그 자리를 차지할 만한 인재들이 저 세 사람이었다.

그걸 보는 순간 알 수 있었기에 궁주는 새삼 중원의 저력을 느낄 수 있었다.

'완벽한 세대교체로고.'

과거 삼불에 의해 굴욕 아닌 굴욕을 당한 게 중원무림이었다.

혈뇌음사와의 전쟁에서 승리하기는 했으나 상처뿐인 승리였다.

일대일로는 삼불을 쓰러뜨리지 못해 천하십대고수들이 협공을 했었다.

그런데 시간이 얼마 지나지 않았는데 유하성과 같은 신진고수들이 기라성 같은 고수들을 밀어내고 새로운 강자로 자리 잡자 궁주는 부러웠다.

'하지만 언제까지나 최고는 아니다.'

궁주는 이내 부러운 마음을 거둬들였다.

비록 파멸하기는 했으나 혈뇌음사와 삼불은 보여 주었다.

서장의 무공도 중원무림을 압도할 수 있음을 말이다.

포달랍궁의 무공이 구파일방과 비교해도 뒤떨어지지 않는다고 생각했으나 그건 어디까지나 그의 생각이었다.

서장무림인들의 생각은 달랐다.

한데 그걸 뒤집은 게 혈뇌음사였고, 궁주는 그 점 하나만은 잘했다고 생각했다.

"그럼 제 청을 들어주시는 겁니까?"

"물론이오. 본 승 역시 그대가 궁금하기도 했고. 아, 다른 분들 역시 마찬가지외다."

나이는 그보다 어려도 셋 다 각파를 대표하는 무인들이었다.

그리고 관계 역시 굳이 적대시할 필요는 없었기에 궁주는 세 사람에게도 빙긋 웃어 보이며 말했다.

"감사합니다."

"일단 안으로 들어오시구려. 손님을 너무 밖에 세워 두는 것도 예의가 아니니."

"알겠습니다. 그런데 궁주님. 비무는 언제쯤 가능할까요?"

"원하는 날이 있소이까?"

"궁주님께서 가능하시다면 지금 당장이라도 하고 싶습니다."

궁주의 눈이 살짝 커졌다.

방금 전에 만났는데 이렇게 단도직입적으로 말할 줄은 몰라서였다.

더욱이 시작이 썩 좋지 않았던 만큼 조금은 눈치를 볼 줄 알았는데 유하성은 그러지 않았다.

예상과 정반대의 모습을 보여 주었는데 이상하게도 궁주는 그게 기분 나쁘지 않았다.

악의가 전혀 느껴지지 않았을뿐더러 무인에게 호승심은 본능 같은 것이었다.

더구나 유하성은 아직 혈기가 들끓을 나이이기도 했다.

"좋소이다. 오랜만에 젊은이의 패기도 느껴 볼 겸."

"갑작스러우셨을 텐데 그럼에도 제 청을 들어주셔서 감사합니다."

"다행히 급한 일이 없기도 했소이다. 또 본 승 역시 궁금하기도 했고 말이오."

"이 시간이 후회되지는 않으실 겁니다."

"그럴 거라 생각하오."

아는 만큼 보인다는 말처럼 궁주는 유하성의 경지가 대략적으로나마 보였다.

그리고 그건 유하성 역시 마찬가지일 터였다.

때문에 궁주는 처음 데려가려던 접객당이 아니라 개인적으로 사용하는 연무장으로 유하성 일행을 안내했다.

"연무장도 크네."

"신기해요."

"내부는 그래도 사찰 같은 느낌이 드네."

연무장으로 걸어가면서 일행은 연신 주변을 두리번거렸다.

특히 원상과 이소향, 원경이 눈을 반짝거렸다.

포달랍궁 안에 들어온 건 처음이기에 정신없이 구경했던 것이다.

나중에 또 올 수 있을 거란 보장이 없기에 일행은 연신 눈을 빛내며 맘껏 구경했다.

"이곳이오."

"널찍하네요."

"이 정도는 되어야 서로 마음 편히 비무를 할 수 있지 않겠소? 다른 이들에게 피해도 덜 주고."

"그럴 것 같습니다."

두 사람이 사용하기에는 지나치게 넓은 감이 없지 않아 있어 보이는 연무장이었으나 여기까지 온 사람들 중 누구도 과하다고 생각하지 않았다.

서장제일인이라 불리는 포달랍궁주와 중원제일인의 자리에 오른 유하성의 대결이라면 오히려 이 정도도 작은 감이 없지 않아 있었다.

혈불과의 전투를 떠올리면 말이다.

저벅저벅.

먼저 연무장 중앙으로 향하는 궁주의 모습에 유하성도 천천히 반대 방향으로 걸어갔다.

적당한 거리를 두고서 마주 선 유하성은 궁주의 기도를 살폈다.

혈뇌음사의 혈승들과는 전혀 다른 정순한 기운이 궁주의 전신을 휘감고 있었다.

언뜻 보면 소림사의 기운과도 비슷했다.

'각현 대사님보다 강하다.'

미세한 차이기는 했으나 궁주가 각현보다 조금 더 강했다.

혈불과의 싸움 이후 각현은 각고의 노력을 다했다.

그런데도 세상은 넓고 강자는 많았다.

유하성은 새삼 그 사실을 다시 한번 느끼며 몸 상태를 확인했다.

"선배로서 선공을 양보하겠소이다."

"그럼 거절하지 않겠습니다."

유하성처럼 궁주 역시 심유한 눈빛으로 그를 살폈다.

비무에 앞서 유하성에 대해 파악하기 위해서였다.

그 정도 수준쯤 되면 체형과 걸음걸이만 보더라도 어떤 전투 성향을 가지고 있는 얼추 알아볼 수 있었다.

한데 아무리 봐도 짐작이 가지 않았다.

타앗!

어떻게 봐도 평범하기 짝이 없었으나 궁주는 그렇기에 더

더욱 위협적으로 느껴졌다.

그의 눈에 보이지 않는다면 그만큼 강자라는 걸 뜻해서였다.

궁주가 이런저런 생각을 하고 있을 때 말을 마친 유하성이 땅을 박찼다.

하지만 예상과는 달리 유하성은 서두르지 않았다.

웅웅웅!

한숨이 나올 정도로 느긋하게 날아오는 유하성의 모습에 궁주는 호신강기를 일으켰다.

선공을 양보했기에 처음에는 방어에 전념할 생각이었다.

그런데 그 생각은 창졸간에 사라졌다.

콰아아앙!

연꽃 모양의 황금빛 호신강기는 유하성의 맨손에 산산조각이 났다.

강기도 서려 있지 않은 맨손 일격에 수백 개의 균열이 일어나더니 박살이 난 것이다.

그 모습에 궁주가 화들짝 놀라며 재차 호신강기를 일으켰다.

하나가 아니라 여러 개를 겹겹이 말이다.

콰앙! 쾅!

그러나 겹겹이 펼친 호신강기를 유하성은 차례차례 박살냈다.

연달아 주먹을 내지르며 궁주의 호신강기를 깨부쉈던 것이다.

"흐읍!"

일격을 버티지 못하고 산산조각 나는 호신강기의 모습에 궁주는 아랫입술을 깨물었다.

극성으로 호신강기를 펼쳐도 달라지는 게 없자 그는 방법을 바꿨다.

최고의 방어는 공격이라는 말처럼 공격으로 태세를 전환했다.

웅웅웅!

혈뇌음사의 혈승들이 전부 따라 했었던 대수인이 궁주의 장심에서 뻗어 나왔다.

진짜 밀종대수인이 펼쳐진 것이었다.

뻐어엉!

하지만 전력을 다해 펼친 밀종대수인조차 유하성의 십단금에는 속수무책이었다.

충돌하기 무섭게 박살이 나서 사방으로 흩어지는 모습에 궁주가 순간적으로 멍한 표정을 지었다.

이게 지금 무슨 상황인가 싶어서였다.

그리고 충격에 빠진 건 포달랍궁의 장로들도 마찬가지였다.

"저, 저……!"

"어찌 저렇게……!"

"허어!"

포달랍궁주의 호신강기가 얼마나 단단하고 견고한지 모르는 장로는 없었다.

한데 그 튼튼한 호신강기가 단 한 방에 파괴되자 장로들은 믿을 수가 없었다.

거기에 포달랍궁을 대표하는 절학인 밀종대수인도 허무하게 박살 나자 도저히 믿기지가 않았다.

심지어 유하성은 충돌로 인한 반동조차 없는지 표정 하나 변하지 않았다.

스윽.

오히려 너무나 여유롭게 오른손을 내밀었다.

그런데 그 순간 궁주가 움찔거렸다.

반격을 해도 모자랄 판에 손을 뻗다 말고 멈췄던 것이다.

마치 석상처럼 꼼짝도 하지 않는 궁주의 모습에 장로들이 의문 가득한 표정을 지었다.

꿀꺽!

한편 궁주는 보이지 않는 무언가에 움직이는 걸 멈췄다.

그의 본능이 지금 움직이면 죽는다고 말해 주고 있어서였다.

눈에는 아무것도 보이지 않지만 궁주는 미세하게 느낄 수 있었다.

무언가가 그의 심장 앞에 멈춰 있음을 말이다.

'이익!'

물론 그렇다고 해서 궁주도 가만히 있지는 않았다.

무형지기를 일으켜 심장에 닿을 듯 말 듯 한 무언가를 밀어 내려 했다.

그러나 그의 노력에도 불구하고 달라지는 건 없었다.

무형지기로 아무리 밀어 내도 소용이 없어서였다.

'이, 이건 설마?'

아무리 무형지기를 운용해도 밀리기는커녕 닿는 느낌조차 없는 상황에 궁주의 동공이 흔들렸다.

그의 뇌리로 한 가지 가정이 떠올라서였다.

하지만 이내 궁주는 부정했다.

말이 안 되는 일이었기 때문이다.

투욱.

한데 그런 궁주의 마음속을 꿰뚫어 보기라도 한 것처럼 지금껏 미동도 없던 무언가가 아주 조금 움직였다.

종이 한 장 들어갈까 말까 한 간격을 두고 있던 무언가가 다른 생각을 하지 말라는 듯이 그의 가슴을 툭 하고 쳤던 것이다.

아주 작은 감각이었으나 궁주는 몸을 부르르 떨었다.

미세하게 건드린 그것이 무엇을 의미하는지 모르지 않아서였다.

"……혹시, 그것이오?"
"생각하시는 게 맞을 겁니다."
"허어!"
궁주가 장탄식을 흘렸다.
반면에 지켜보던 장로들은 하나같이 얼빠진 표정을 지었다.
상황이 어떻게 흘러가는 것인지 도무지 알 수가 없어서였다.
무형지기를 난사하다가 갑자기 멈춰서는 이해할 수 없는 말을 하자 다들 고개를 갸웃거렸다.
"역시 우리 사부님!"
"암만 봐도 그거 같지?"
"응."
딱 봐도 승자와 패자가 갈린 모습에 이소향은 순수하게 기뻐했다.
그러나 이춘상과 현광은 웃을 수 없었다.
두 번째이다 보니 이제는 짐작 가는 게 있어서였다.
그래서인지 두 사람의 안색이 썩 좋지 않았다.
"……말이 안 되네요."
"그러니까요. 따라잡았다 싶으면 다시 저만큼 가 있으니."
연화조차도 한숨을 내쉬었다.
그녀로서는 감도 잡지 못한 경지에 유하성이 올라 있어서였다.

하지만 연화는 물론이고 현광은 이내 표정을 가다듬었다.

두 사람 다 좋게 생각하려는 것이었다.

“하성이가 가능하면, 저희도 가능합니다.”

“맞아요. 막연하게 상상만 하던 경지라 내심 불가능하다고 생각했는데, 달리 생각하면 저희도 할 수 있다는 거잖아요?”

“맞습니다.”

순식간에 의기투합하듯 현광과 연화가 눈을 빛냈다.

늘 그렇듯이 꾸준히 노력해서 따라가면 될 일이었다.

그렇게 한 걸음 한 걸음 나아가다 보면 언젠가는 유하성과 나란히 걸을 수 있을 거라 생각했다.

거기에 약간의 운이 더해진다면 유하성을 뛰어넘는 게 가능할지도 몰랐다.

“으음!”

호승심을 불태우는 친구 세 명과 달리 원호는 매서운 눈으로 주변을 살폈다.

포달랍궁과의 분위기가 나쁘지 않다고 하나 그건 얼마든지 바뀔 수 있었다.

더욱이 포달랍궁주의 패배에 장로들이 앙심을 품고 달려들지도 몰랐다.

때문에 원호는 바짝 긴장하고서 주위의 동태를 살폈다.

'만약 최악의 상황이 벌어지면 누군가는 시간을 벌어 줘야 한다.'

포달랍궁주를 제압할 정도로 유하성은 강했으나 이곳은 적진의 한복판이었다.

여기까지 오면서 본 승려들을 생각하면 최소 몇백 명은 될 게 분명했다.

그에 비해 이쪽의 인원은 고작해야 아홉 명이었다.

그중 이소향은 아직 어린 나이이기에 실질적인 전력은 여덟 명이나 마찬가지였다.

'사숙과 사매, 그리고 대사형은 무조건 빠져나가야 해.'

원호가 그답지 않게 냉철하게 판단을 내렸다.

누가 뭐래도 그에게 있어 가장 중요한 인물은 유하성이었다.

그다음 순위가 원일과 이소향이었고.

그렇다면 시간을 벌기 위해 남아야 할 사람은 세 명뿐이었다.

'사숙을 위해서라면 내 목숨 따위는 얼마든지 희생할 수 있다.'

주제도 모르고 날뛰던 천둥벌거숭이 시절을 원호는 기억하고 있었다.

더해서 유하성에게 실수했던 것도 말이다.

그런 자신을 인간으로 만들어 준 게 유하성이었다.

그뿐만 아니라 무공을 봐주고, 조언도 아끼지 않았다.

'내 목숨을 대가로 사숙께서 이곳을 안전하게 벗어날 수 있다면 충분히 남는 장사다.'

애초에 유하성의 가르침이 아니었다면 지금의 명성도, 무위도 갖지 못했을 게 분명했다.

그렇기에 원호는 죽음이 두렵지 않았다.

아니, 유하성을 위해서라면 웃으면서 죽을 수 있었다.

"무슨 생각을 하기에 표정이 그리 심각해?"

"만약의 사태에 대비하는 거다. 여기가 적진 한복판이 될지도 모르니까."

"저쪽 분위기는 제대로 보고 있는 거야?"

심상치 않은 표정의 원호에게 말을 걸었던 원상이 어이없다는 표정을 지었다.

혼자서 이상한 상상의 나래를 펼치는 것 같아서였다.

"응?"

"네가 보기에 죽자 사자 싸울 것 같은 분위기야?"

원상이 연무장을 향해 눈짓했다.

그러자 그의 예상과는 달리 화기애애한 분위기로 대화를 나누는 유하성과 포달랍궁주의 모습이 눈에 들어왔다.

새외인 만큼 언어가 조금은 달라 중간중간 의사소통이 잘 안 되는지 서로 고개를 갸웃거리기는 했으나 원상의 말마따나 분위기는 나쁘지 않았다.

오히려 좋은 편이었다.

"어라?"

"대비하는 건 좋은데 너무 앞서갔다. 설마하니 사숙께서 아무런 생각도 없으실까."

"하하하."

원호가 머쓱하게 웃으며 뒷머리를 긁적거렸다.

말마따나 자신이 너무 앞서간 듯싶어서였다.

앙심을 품을지도 모른다는 생각과 달리 궁주는 나이에 어울리지 않게 초롱초롱한 눈빛으로 유하성에게 쉴 새 없이 질문을 하고 있었다.

무슨 말인지 들리지는 않았으나 어떤 내용일지는 표정만 봐도 짐작할 수 있었다.

"그래도 그 자세는 나쁘지 않았어. 앞으로도 그렇게 하라고."

"지금의 발언, 상당히 재수 없는데?"

원호가 눈살을 있는 대로 찡그렸다.

하지만 예리해진 원호의 눈초리에도 원상은 여유롭게 웃었다.

"그렇다면 어쩔 수 없고."

"사형."

두 사람의 분위기가 심상치 않게 흘러가자 이소향이 조심스레 입을 열었다.

둘의 눈치를 살피며 중재하려 했던 것이다.

그런 이소향의 목소리에 원호는 언제 매서운 눈빛을 쏘아 보냈냐는 듯이 빙긋 웃었다.

"싸우려는 거 아냐. 그냥 약간의 의견 차이가 있었을 뿐이야."

"정말요?"

"물론이지. 여기까지 와서 못난 모습을 보이는 건 무당의 이름에 먹칠하는 것이니까."

원호의 눈빛이 한없이 부드러워졌다.

다른 사형제들에게는 무서운 사형이지만 이소향에게만은 아니었다.

막내인 이소향에게 큰소리를 친다는 건 원호에게는 상상도 못 할 일이었다.

잘못을 저지른다면 모르겠으나 지금까지 이소향은 그런 적이 단 한 번도 없었다.

"어? 사부님이 부르세요. 얼른 가요, 우리."

"그, 그래."

포달랍궁주와 대화가 끝났는지 유하성이 이쪽을 향해 손짓했다.

그걸 가장 먼저 알아차린 이소향이 자연스럽게 원호의 손을 잡고 이끌었다.

얼음의 대지라는 별칭이 너무나 잘 어울릴 정도로 사방에 보이는 건 얼음뿐이었다.

그로 인해 하늘을 제외하면 모든 게 하얀색이었다.

눈으로 뒤덮인 산도 하얬고, 심지어 나무도 하얀색 옷을 입고 있었다.

거기에 눈발이 휘날리니 진짜 눈의 땅, 얼음의 대지라는 생각밖에 안 들었다.

끼이익!

유하성은 그런 북해를 가로질러 거대한 성 앞에 도착했다.

당가타와 마찬가지로 북해빙궁에 속해 있는 사람들이 살고 있는 마을이었는데 유하성은 중앙에 우뚝 솟아 있는 얼음성으로 발걸음을 옮겼다.

그런데 성문 앞에 도착하기 무섭게 두꺼운 철문이 저절로 열렸다.

"어서 오시게나."

"마중 나와 주셔서 감사합니다."

털옷을 입고 있는 일행과 달리 얇은 무복에 장포만 걸친 중년인이 사내다움이 물씬 풍기는 미소를 지으며 걸어 나왔다.

그 뒤로 남녀를 불문하고 은발을 가진 사람들이 우르르 몰려나왔다.

하지만 유하성의 시선은 시종일관 입을 연 중년인에게만 향해 있었다.

처음 보지만 그가 북해빙궁주라는 걸 알 수 있어서였다.

"당연히 내가 맞아 주어야지. 중원제일인이 나를 보기 위해 여기까지 왔는데."

"벌써 소식이 여기까지 온 것입니까?"

"북해에 있다고 해서 소식이 닿지 않는 건 아니라네. 자네가 서장의 포달랍궁에 들렀다는 것도 알고 있지."

"꽤 잘 알고 계시는군요."

유하성이 의외라는 표정을 지었다.

그러면서 한편으로는 의아했다.

굳이 이런 사실들을 그에게 말해 줄 이유가 없어서였다.

당장 뒤에 서 있는 이춘상만 하더라도 북해빙궁주의 말에 미간을 좁히고 있었다.

"정보의 중함에 대해 잘 알고 있으니까. 지피지기면 백전불태라는 말이 괜히 있는 게 아니지 않나."

"그렇긴 하지요."

"그보다, 어떻게 불러야 하는지 모르겠군. 계속 자네, 이보게라고 할 수도 없고. 명색이 무당파의 속가장문인이지 않나."

"편하게 부르시면 됩니다. 어떤 것이든 다 저이니까요."

“들은 대로 시원시원하구먼. 역시 패왕이라는 별호가 괜히 붙은 게 아니야. 하하하!”

북해빙궁주가 호탕하게 웃었다.

보면 볼수록 마음에 들어서였다.

그러나 웃는 것과 달리 북해빙궁주는 날카로운 눈으로 유하성의 기도를 훑었다.

어느 정도인지 파악하려는 것이었다.

‘이것 봐라?’

북해빙궁주의 눈동자에 은은한 놀람이 서렸다.

서장의 패자라는 포달랍궁주와 비무를 했다는 사실을 그는 알고 있었다.

결과를 비밀에 부쳤기에 누가 이겼는지는 알아내지 못했지만 말이다.

그래도 포달랍궁주와 비무를 할 정도면 일단 어느 정도의 실력은 있다는 얘기였다.

아무리 포달랍궁이 사찰이라고 하나 엄연히 무림세력이었다.

그런 포달랍궁이 어중이떠중이를 상대해 줄 리가 없었다.

‘뭐, 중원제일인을 어중이떠중이라 하기에는 조금 그렇지만.’

서장을 찾아가기 전 소림사를 방문했다는 것 또한 북해빙궁주는 알고 있었다.

더불어 결과까지도 말이다.

처음 그 소식을 들었을 때 북해빙궁주는 내심 놀랐었다.

유하성이 차기 중원제일인이 될 가능성이 높다고 예상하기는 했으나 그 시기가 생각보다 훨씬 빨라서였다.

'지금 알 수 있는 건 만만치 않다는 것 정도?'

유하성 정도의 고수가 마음먹고 자신의 기도를 숨기면 파악하기가 쉽지 않았다.

수준 차이가 엄청나게 난다면야 반박귀진의 경지라고 하더라도 꿰뚫어 보는 게 가능하지만 그건 말 그대로 격차가 클 때나 가능했다.

큰 차이가 나지 않는다면 대략적으로 추측할 수밖에 없었다.

찌릿!

한편 북해빙궁주의 뒤에 서 있던 청년은 유하성을 향해 호승심을 숨기지 않았다.

나이 차이가 얼마 나지 않는 걸로 아는데 중원제일인이라 하자 호승심이 활활 불타올랐던 것이다.

동시에 욕심도 일었다.

유하성을 쓰러뜨리면 스스로의 무위를 증명할 수 있을뿐더러 북해의 위대함도 함께 알릴 수 있었다.

그야말로 일석이조, 일거양득이었기에 청년은 뜨거운 눈빛으로 유하성을 쳐다봤다.

"아버지. 제가……."
"입 다물어라."
"예?"
거기까지 생각이 닿은 청년은 입을 열었다.
부친에 비하면 한참이나 어린 유하성을 굳이 상대할 필요가 있을까 싶어서였다.
아니, 어쩌면 그의 선에서 해결될 수도 있기에 북궁수는 호기롭게 입을 열었다.
그런데 북해빙궁주는 단칼에 북궁수의 말을 잘랐다.
"네가 나설 자리가 아니다."
"하오나……."
"지금 나에게 항명하겠다는 것이냐?"
"아, 아닙니다!"
북궁수가 화들짝 놀라며 손사래를 쳤다.
결코 그런 의도로 말대꾸를 한 게 아니었기 때문이다.
물론 여전히 납득이 안 가기는 했으나 그 역시 북해빙궁 소속인 만큼 부친의 명령은 절대적이었다.
"넌 잠자코 보기만 하면 된다. 그럼 내가 왜 이러는지 알 것이다."
"예."
고분고분 대답을 하기는 했으나 북해빙궁주 눈에는 보였다.

수긍할 수 없다는 기색이 말이다.

하지만 여기서 더 말하지는 않았다.

백 마디 말보다 두 눈으로 직접 보는 게 훨씬 더 낫다는 사실을 잘 알고 있어서였다.

'에잉! 못난 놈!'

그러나 안타까운 마음만은 어쩔 수 없었다.

북해 제일의 재능은 맞지만 천하에서 놓고 보면 절대 최고가 아니었다.

그 사실을 눈앞에 있는 유하성과 개방의 방주, 화산파 장문인, 보타문주가 몸소 보여 주고 있었으나 정작 아들은 그걸 알아보지 못했다.

그저 허명에 눈이 멀어 있었다.

"미안하네. 자네에게 못난 모습을 보였구먼. 다른 일행에게도 마찬가지고."

"괜찮습니다."

"뭐, 충분히 그럴 수 있다고 생각합니다."

유하성에 이어 이춘상이 넉살 좋게 대답했다.

그는 북궁수의 눈빛을 보고 어떤 생각을 하는지 훤히 보였으나 굳이 그걸 짚지는 않았다.

유하성과 북해빙궁주의 비무를 보면 알아서 꼬리를 말 것임을 잘 알아서였다.

그리고 눈이 안 좋으면 몸이 고통스러운 법이었다.

"들어오게. 본 궁을 보여 주지."

"감사합니다."

"아, 춥지는 않나?"

"괜찮습니다. 옷을 단단히 입었거든요."

"그런가?"

북해빙궁주가 고개를 갸웃거렸다.

여자아이를 제외하면 딱히 옷을 두껍게 입었다는 생각이 들지 않아서였다.

물론 그중에 유하성은 당연히 예외였다.

저 정도 고수에게 수화불침은 당연한 것이었기에 북해의 혹한도 그리 춥게 느껴지지는 않을 터였다.

"우와."

"신기하지?"

"네! 소설 속에서 보던 얼음성 같아요."

"나도 신기해. 북해는 나도 처음이니까."

서장에서와는 달리 호의적으로 북해빙궁을 안내해 주는 북해빙궁주 덕분에 유하성은 이소향과 편하게 구경을 할 수 있었다.

일촉즉발의 상황이었던 포달랍궁과는 너무나 달랐던 것이다.

수화불침인 그와 달리 이소향은 조금 추워 보이기는 했으나 크게 보면 이 또한 수련의 일종이었다.

다양한 환경을 겪어 보는 것도 좋은 경험이었으니까.

"아이들도 머리가 하얗거나 은발이에요."

"빙공 때문에 그래. 극음의 무공이라 머리카락의 색깔이 바뀌거든. 극양기공을 익힌 무인의 경우 머리카락이 빠지고."

"그래서 극양기공을 기피하기도 해. 대머리가 되고 싶어 하는 사람은 없으니까."

옆에 있던 이춘상이 부연 설명을 했다.

그런데 그의 표정이 사뭇 진지했다.

정작 이춘상은 대머리가 아닌데도 말이다.

"남자에게 있어 머리는 중요하지."

"여자에게도 마찬가지예요."

이런저런 대화를 하며 외궁의 구경을 마친 유하성은 곧장 연무장으로 향했다.

호탕한 성격답게 구경을 끝마치기 무섭게 바로 본론으로 들어가려는 것이었다.

"자네도 이게 좋지?"

"예. 굳이 시간을 끌 필요는 없지 않습니까."

"맞아. 나도 오랜만에 피가 끓고 말이지."

북해빙궁주가 씨익 웃었다.

이 드넓은 북해의 패자이자 주인이었으나 그렇기에 그는 외로웠다.

호적수라 할 만한 존재가 없기에 늘 고독했던 것이다.

어쩌면 그래서 과거의 북해빙궁주들이 중원을 침공한 것일지도 몰랐다.

"늦었지만 청을 받아 주셔서 감사합니다. 갑작스러운 비무첩에 당황하셨을 텐데."

"처음에는 누가 장난치는 줄 알았네. 별다른 교류도 없던 무당파에서 갑자기 비무첩이 날아왔으니까. 근데 알아보니 소림사를 시작으로 서장의 포달랍궁에도 갔더군. 그렇다면 본 궁을 찾아오는 것도 이상하지는 않지. 더욱이 우리는 포달랍궁과 다르다네."

북해빙궁주가 씨익 웃었다.

복합적인 의미가 담긴 미소였다.

그리고 그중에는 포달랍궁보다 더 강하다는 의미도 있었다.

"확실히 다르긴 합니다. 이렇게 성대히 맞아 주실 줄은 몰랐거든요."

"아무렴, 쪼잔한 사찰과 비교하면 쓰나. 혹한의 대지라 먹을 건 부족해도 사람 간의 정은 있다네. 우리가 그렇게 쌀쌀맞지만은 않아."

"그런 것 같습니다."

"북해 다음은 대막인가?"

나란히 연무장의 중앙으로 걸어가며 북해빙궁주가 은근슬

쩍 물었다.

서장에 이어 북해까지 왔으니 다음은 자연스레 대막이 떠올라서였다.

더욱이 대막과는 악연이 있기에 가능성은 충분했다.

"굳이 다시 갈 필요가 있을까요."

"크하하하!"

생각지도 못한 유하성의 대답에 북해빙궁주가 파안대소를 터트렸다.

호리호리한 체격과 달리 성격은 그야말로 호탕하기 그지없었다.

그런데 그게 허세로 느껴지지 않았다.

다른 이라면 모르겠으나 유하성은 이런 말을 할 자격이 있었다.

"이번 여정은 북해에서 끝낼 생각입니다."

"그럼 무당산으로 돌아가겠군."

"예. 꽤 오랫동안 떠나 있었으니까요. 고향이기도 하지만, 가족도 있어서."

"혼인한 지 얼마 안 된 걸로 알고 있네만."

"그러니 더더욱 빨리 돌아가야 하지 않겠습니까."

유하성이 빙긋 웃었다.

북해빙궁의 주인을 앞에 두고서도 전혀 긴장하지 않는 모습에 북해빙궁주가 피식 웃었다.

그러면서 한편으로 욕심이 생겼다.

이 넓은 북해는 물론이고 중원에서도 손꼽히는 무인이 유하성이었기에 딸과 맺어 주면 어떨까 하는 생각이 들었던 것이다.

'나쁘지 않은데?'

문득 든 생각이었으나 곰곰이 고민해 보니 의외로 괜찮았다.

중원에 비하면 척박하기 그지없는 땅이 북해였으나 북해인들은 이미 적응을 마친 상태였다.

풍요로운 중원의 땅을 가질 수 있다면야 좋겠지만 굳이 빼앗고 싶은 생각은 없었다.

적어도 지금은 말이다.

그리고 땅이 필요하다고 해서 꼭 빼앗는 방법만 있는 건 아니었다.

정당하게 필요한 물건들을 구입하거나 빌려 오는 방법도 있었다.

'패왕에게는 충분한 역량이 있지.'

북해빙궁주가 유하성을 지그시 바라봤다.

그 스스로가 중원제일인이라 할 수 있는 패왕이었고, 무당파의 속가장문인이었다.

그것도 무당파 역사상 속가제자들의 가장 큰 지지를 받는 이였다.

거기다 네 명의 부인들 중 한 명은 북해에도 상행을 오는 금와장의 막내딸이었고.

'나쁘지 않아. 오히려 생각하면 생각할수록 이득이야. 다섯 번째라는 게 마음에 들지는 않지만, 그것을 제외하면 이득이 더 커.'

북해빙궁주는 자기도 모르게 턱을 쓰다듬었다.

생각하면 생각할수록 괜찮은 방법 같아서였다.

더욱이 부인들끼리 분란이 딱히 없다는 것도 그에게는 장점으로 다가왔다.

부인이 네 명인데도 분란이 없다는 건 그만큼 유하성이 집안을 잘 다스린다는 뜻이었다.

"무슨 생각을 그리 골똘히 하십니까?"

"아, 미안하군. 갑자기 떠오른 게 있어서."

"혹시 제가 방해한 겁니까?"

유하성이 조심스럽게 물었다.

깨달음이란 게 정말 생각지도 못한 순간에 찾아오기도 했기에 혹시나 방해를 한 건가 싶어서였다.

사실 그래서 어느 정도 기다리기도 했다.

중요한 순간인지 아닌지 파악하려고 말이다.

"별거 아니네. 그냥 문득 뭐 하나가 떠올라서 말일세. 그럼 시작할까?"

"저는 준비되었습니다."

"나 역시 마찬가지네. 그럼 바로 시작하지. 선공을 양보해 주길 바라는가?"

북해빙궁주가 짓궂은 표정을 지으며 물었다.

원한다면 얼마든지 양보해 줄 수 있다는 듯이 말이다.

그러나 유하성은 굳이 양보를 청할 생각은 없었다.

먼저 그래 주겠다면야 거절할 이유는 없지만 그렇다고 부탁할 필요까지는 없다고 생각했다.

"편하신 대로 하시면 됩니다."

"역시 사내답군. 남자라면 그 정도 패기는 있어야지. 아, 그래서 패왕인 건가?"

"사실 저는 잘 모르겠습니다. 제가 원해서 생긴 별호가 아닌지라."

"난 보니까 알겠던데. 대화 몇 마디 나눠 보고 확신했지. 아, 이래서 패왕이라는 별호가 붙었구나. 바로 알겠더라고."

"그렇습니까."

딱히 할 말이 없었기에 유하성은 어깨를 으쓱거렸다.

그러면서 북해빙궁주의 전신을 훑었다.

특히 허리에 차고 있는 검을 말이다.

북해빙궁을 대표하는 무공이자 북해 최강의 신공인 빙백신공은 모든 병기로 펼칠 수 있었기에 놀랍지는 않지만 궁금하기는 했다.

'검으로 펼치는 빙백신공이라.'

똑같은 무공이지만 그걸 풀어내는 방식은 궁주마다 달랐다.

과거에는 창을 사용했던 이도 있었고, 유하성처럼 무투가의 길을 걸었던 이도 있었다.

그렇기에 유하성은 기대가 되었다.

북해빙궁주가 펼쳐 보일 빙백신공이 말이다.

"물론 그렇다고 해서 봐줄 생각은 전혀 없네."

"저도 바라는 바입니다."

"그러니, 최선을 다해야 할 것이네."

"물론입니다. 비무를 청한 만큼 최선을 다할 생각입니다."

"좋아. 그럼 시작할까."

스르릉.

북해빙궁주가 씨익 웃으며 검을 뽑았다.

그 순간 주변의 공기가 달라졌다.

원래부터도 차가웠던 공기가 더더욱 싸늘해졌던 것이다.

호흡이 불편해질 정도로 낮아지는 온도에 유하성이 땅을 박찼다.

쌔애액!

갑자기 낮아진 온도의 이유가 북해빙궁주임을 모를 수가 없었기에 유하성은 곧바로 손을 뻗었다.

하지만 유하성의 일장보다 북해빙궁주의 검이 더 빨랐다.

쩌어어엉!

날아오는 유하성을 북해빙궁주는 그대로 맞받아쳤다.
그런데 북해빙궁주의 공격은 검격만이 아니었다.
유하성의 십단금과 부딪친 순간 무시무시한 냉기가 사방을 휩쓸었다.
북해빙궁주의 검을 타고서 극음지기가 뿜어져 나온 것이었다.
쩌저저적!
얼어 있던 대지가 다시 한번 얼었다.
아니, 얼음이 대지를 뒤덮었다.
북해빙궁주의 전신에서 뿜어져 나오는 빙백신공의 기운에 사방이 순식간에 얼어붙었다.
'땅에 닿으면 안 된다.'
무시무시한 속도로 얼어붙는 대지의 모습에 유하성은 신형을 띄웠다.
발이 땅에 닿아 있으면 빙백신공이 뿜어내는 극음지기에 몸이 얼어붙을 것임을 본능적으로 알아차린 것이었다.
"눈치가 빠르군. 빙백신공을 처음 겪어 보는 것일 텐데."
그 모습에 북해빙궁주가 재미있다는 표정을 지었다.
설마하니 유하성이 그의 계획을 꿰뚫어 볼 줄은 몰라서였다.
그러나 아쉬워하지는 않았다.
빙백신공은 지금부터가 시작이었다.

츠츠츠츠!

마치 지상처럼 허공을 자유롭게 노니는 유하성을 향해 북해빙궁주가 검을 휘둘렀다.

그러자 그의 검신에서 수십, 수백 개의 빙검(氷劍)들이 솟아 나와 유하성을 덮쳤다.

빙백신공의 극음지기를 잔뜩 머금은 검강이었다.

콰앙! 쾅!

삽시간에 허공을 가득 채우는 일격이었으나 허공에서 마음대로 움직일 수 있는 유하성이 피하지 못할 정도는 아니었다.

오히려 북해빙궁주를 중심으로 뿜어져 나오는 냉기가 유하성한테는 더 거슬렸다.

워낙에 강력한 극음지기이기에 조금이라도 집중력이 흐트러지면 그의 몸을 단숨에 얼려 버릴 게 분명해서였다.

'하지만 방법이 없는 건 아니다.'

빙백신공은 분명 위협적이었다.

더구나 이곳은 빙백신공을 펼치기에 더할 나위 없이 좋은 환경이었다.

똥개도 싸울 때 자기 앞마당에선 반은 먹고 들어간다고 하는데 북해빙궁주에게는 오죽할까.

그러나 당장이라도 피는 물론이고 뼈와 근육조차도 얼려 버릴 것 같은 극한의 냉기를 느끼면서도 유하성의 신색은 차분했다.

북해빙궁주가 흩뿌리는 극음지기는 분명 위협적이었다.

하지만 방법이 아예 없는 건 아니었다.

스르륵.

몸을 중심으로 줄기줄기 뿜어져 나오는 극음지기는 단순히 퍼지기만 하지 않았다.

주변을 잠식해 가며 끊임없이 휘몰아쳤다.

사방을 계속 휩쓸며 존재하는 모든 걸 얼려 버렸던 것이다.

한데 그 가공할 얼음 폭풍이 유하성의 근처에서는 힘을 쓰지 못했다.

꿈틀!

그걸 누구보다 먼저 알아차린 북해빙궁주가 눈썹을 찡그렸다.

물론 그도 단순히 극음지기만으로 유하성을 제압할 수 있을 거라고는 생각하지 않았다.

아무리 이곳이 북해이고 빙백신공의 위력이 극대화되는 환경이라고 하나 유하성 정도의 고수에게는 절대적인 힘을 발휘하지 못했다.

하나 그렇다고 해도 저렇게 완벽하게 비틀어 버리는 건 불가능했다.

'재미있군.'

대개의 무인들은 북해빙궁도의 빙공을 호신강기로 막아냈다.

극음지기에서 자신을 보호하기 위해 호신강기를 주로 사용했던 것이다.

하지만 그건 완벽한 해결책이 되지 못했다.

수준 높은 빙공은 호신강기조차 얼려 버릴 수 있어서였다.

주르륵.

그런데 유하성은 달랐다.

아예 그의 극음지기를 차단시켜 버렸다.

다른 이도 아니고 빙공의 정점이라 할 수 있는 빙백신공을 극성으로 익힌 그의 극음지기를 말이다.

'이것도 막아 내는지 볼까.'

상상도 못 한 방법으로 극음지기를 흘려 내는 유하성의 모습에 북해빙궁주가 개구쟁이와도 같은 표정을 지었다.

지금의 방식보다 더 상승의 묘리를 담고 있는 일격을 유하성이 과연 어떻게 막아 낼지 궁금해졌다.

웅웅웅!

전신에서 극음지기를 뿜어내던 북해빙궁주가 검을 쭉 뻗었다.

그러자 그의 검신에서 극음지기로 이루어진 새하얀 얼음의 용이 나타났다.

길이만 해도 삼 장이 훌쩍 넘는 거대한 빙룡이 모습을 드러냈던 것이다.

마치 살아 있는 것처럼 입을 쩍 벌린 빙룡은 날카로운 이빨을 드러내며 순식간에 유하성에게 쏘아졌다.

'호오.'

진짜 살아 있는 것처럼 꿈틀거리며 쇄도하는 빙룡의 모습에 유하성의 눈동자에 이채가 떠올랐다.

다른 이들에게는 그저 강기가 형상화한 것으로 보이겠지만 유하성에게는 아니었다.

그에게는 저 빙룡이 어떤 묘리를 품고 있는지 다 보였다.

비록 초입이지만 저 빙룡은 강환으로도, 이기어검으로도 막을 수 없었다.

'막을 수 있는 건 똑같은 기형검(氣形劍)뿐이지.'

쑤아아앙!

유하성의 팔이 부드럽게 일권을 내질렀다.

그러나 그의 주먹에서 뿜어진 기운은 결코 가볍지 않았다.

지극히 패도적인 기운이 순식간에 주먹의 형상을 이루며 북해빙궁주의 빙룡에게 뻗어 나갔다.

까드드득!

그러고는 맹렬한 기세로 충돌했다.

빙룡과 똑같이 유하성의 주먹 역시 기형검의 다른 형태였다.

정확히 말하자면 기형권(氣形拳)이라고나 할까.

"크하하하!"

그걸 북해빙궁주 역시 한눈에 알아봤는지 웃음을 터트렸다.

오랜만에 이런 수준 높은 비무를 할 수 있어 기껍다는 듯이 말이다.

하지만 이건 시작에 불과했다.

웅웅웅!

북해빙궁주는 검이 하나지만 유하성은 달랐다.

그는 무투가였고, 굳이 주먹 하나에만 얽매이지 않았다.

그 사실을 증명하듯 허공에 또 하나의 주먹이 나타났다.

뜨드드득!

서장의 밀종대수인보다 작았으나 위력은 전혀 달랐다.

감히 비교도 할 수 없는 거력이 푸른빛으로 영롱하게 빛나는 주먹에 서려 있었다.

그 두 개의 주먹이 빙룡을 찍어 눌렀다.

압축시키겠다는 듯이 빙룡의 양 볼을 짓눌렀던 것이다.

쩌어엉! 쩌엉!

하지만 빙룡도 순순히 당하고만 있지는 않았다.

두 개의 주먹보다 크다는 장점을 이용해 길쭉한 꼬리로 쉴 새 없이 후려쳤다.

그러나 아무리 꼬리로 공격해도 두 주먹은 미동도 없었다.

"하아압!"

그 모습에 북해빙궁주가 진기를 가일층 끌어올렸다.

두 주먹에 밀리는 듯하자 빙룡에 힘을 실어 줬던 것이다.

스스스스!

이윽고 빙룡의 입에서 극음지기가 흘러나왔다.

주변의 공기조차 얼려 버리는 극한 음기가 사방을 잠식해 들어갔다.

그러자 푸르게 빛나는 두 주먹에 서리가 어리기 시작했다.

빙룡이 토해 내는 극음지기에 푸른빛이 서서히 옅어지기 시작했던 것이다.

'됐다.'

그 광경에 북해빙궁주가 씨익 웃었다.

기형권의 경지가 놀랍기는 하나 그래도 이걸로 우위는 확실해졌다.

그와 동시에 북해빙궁주는 진심으로 감탄했다.

저 나이에 저 정도 경지는 말도 안 되는 일이었기 때문이다.

'저 나이대의 나는 강환에 겨우 익숙해진 수준이었는데.'

북해빙궁주는 자기도 모르게 입맛을 다셨다.

자연스럽게 유하성의 나이였던 때가 떠올라서였다.

하지만 그렇기에 인생의 선배로서 북해빙궁주는 가르쳐 주고 싶었다.

세상은 넓고 동토의 북해에도 천하제일을 논할 수 있는 강자가 있음을 말이다.

빠지직.

그런데 그때 그의 귀로 이상한 소리가 들려왔다.

무언가가 부서지는 듯한 파열음이 귓전으로 파고들었던 것이다.

동시에 두 주먹을 뒤덮은 얼음이 박살 났다.

퍼어엉!

굳게 쥐어져 있던 주먹이 활짝 펼쳐지며 달라붙어 있던 얼음들을 모조리 튕겨 냈다.

그러더니 단숨에 빙룡의 머리와 몸통을 움켜잡고는 그대로 바닥에 내려찍었다.

쿠웅!

묵직한 진동과 함께 빙룡이 몸부림쳤다.

어떻게든 두 손을 떼어 내고자 발악했던 것이다.

하나 그럼에도 머리와 몸통을 붙잡은 두 손은 떨어지지 않았다.

오히려 더욱 강하게 빙룡을 압박했다.

"차합!"

아무리 발버둥 쳐도 미동도 하지 않는 두 기형권의 모습에 북해빙궁주가 검을 날렸다.

빙룡만을 움직여서는 빠져나올 수 없음을 느껴서였다.

그래서 그는 유하성을 향해 검을 던졌다.

쌔애액!

북해빙궁주의 손을 떠난 순백의 검이 무시무시한 파공음을 토해 내며 유하성에게 쏘아졌다.

빛살처럼 날아간 검은 단숨에 유하성을 꿰뚫어 버릴 것처럼 쇄도했다.

터엉!

그러나 무시무시한 기세로 날아온 검을 유하성은 손등으로 가볍게 튕겨 냈다.

반응하기도 힘든 속도였건만 유하성은 여유롭게 막아 냈다.

하지만 북해빙궁주의 공격은 끝난 게 아니었다.

쉬이익!

허공으로 튕겨졌던 검이 저절로 방향을 틀었다.

단순히 검을 날린 게 아니라 이기어검을 펼친 것이었다.

다시 검극을 유하성에게 향한 검이 벼락처럼 정수리를 노리고서 떨어져 내렸다.

쩌엉!

나름 회심의 일격이었으나 그조차도 유하성이 상정한 범위 내였다.

그렇기에 유하성은 유려하게 옆으로 반보 움직인 후 방금 전에 그가 있던 자리에 떨어진 검을 주먹으로 강타했다.

"큭!"

그로 인한 충격이 고스란히 북해빙궁주에게 향했는지 억눌린 신음 소리가 들려왔다.

하지만 유하성의 반격은 지금부터가 시작이었다.

난동을 부리는 빙룡을 여전히 부여잡은 상태에서 유하성은 북해빙궁주를 향해 달려들었다.

튕겨 나간 검을 회수하기 전에 그를 덮쳤던 것이다.

꽝! 꽝! 꽝!

방금 전의 유려한 움직임은 사라지고 전광석화처럼 거리를 좁힌 유하성은 연거푸 십단금을 펼쳤다.

한 방의 위력도 위력이지만 중첩의 특징을 가지고 있는 십단금은 펼칠수록 강력해졌다.

더욱이 지금의 유하성은 과거와 비교할 수 없었다.

“이익!”

그 사실을 증명하듯 북해빙궁주는 충돌할수록 계속 뒷걸음질 쳤다.

힘에서 그가 밀리는 것이었다.

게다가 지금까지 절대적인 힘을 발휘했던 극음지기도 유하성에게는 소용이 없었다.

지척까지 다가와 있음에도 유하성은 냉기의 영향을 전혀 받지 않았다.

쌔애액!

그게 믿기지 않았지만 지금 중요한 건 극음지기가 아니었다.

북해빙궁의 주인이자 북해의 패자인 그가 밀리고 있다는 사실이었다.

그렇기에 북해빙궁주는 이를 악물고서 한쪽 구석에 처박혔던 검을 다시 조종했다.

유하성의 등을 향해 이기어검을 날렸던 것이다.

터엉!

"허!"

그런데 유하성은 그의 예상과는 전혀 다른 대응을 보여 주었다.

검을 피하면 자연스럽게 회수를 하려고 했는데 유하성은 뒤통수에도 눈이 달린 것인지 좌수를 뒤로 뻗어 날아오는 검을 튕겨 냈다.

그러더니 그 반동을 이용해 그의 가슴을 후려쳤다.

빠각!

벼락같이 파고드는 발 차기에 북해빙궁주가 가까스로 양팔을 교차해서 막았다.

정확히 명치를 노리고서 쇄도했기에 본능적으로 가슴을 보호한 것이었다.

그런데 그게 패착이었다.

두 팔이 봉쇄된 순간 유하성의 맹공이 시작됐다.

꽈과과광!

권장지각이 능수능란한 유하성은 말 그대로 온몸이 흉기였다.

그걸 유하성은 몸소 보여 주었다.

쉬지 않고 파상공세를 쏟아부었던 것이다.

"흐아압!"

호신강기조차도 때려 부수는 무지막지한 강격에 두들겨 맞던 북해빙궁주가 단전의 진기를 모조리 끌어올렸다.

이대로 있다가는 아무것도 하지 못하고 당할 것 같았기에 그 역시 진심으로 싸우려는 것이었다.

그런데 그 순간 북해빙궁주가 움찔거렸다.

목에서 갑자기 섬뜩함이 느껴져서였다.

'뭐지?'

무언가가 그의 목을 움켜잡고 있는 듯한 느낌에 북해빙궁주가 눈알을 굴렸다.

하지만 보이는 건 없었다.

아니, 하나 있었다.

유하성의 의미심장한 미소가.

"……애초에 승패가 결정되어 있는 비무였군."

유하성의 미소를 본 순간 북해빙궁주는 깨달았다.

처음부터 결과는 정해져 있었다는 것을 말이다.

그런데 이상하게 기분이 나쁘지는 않았다.

모든 걸 쏟아부어서 그런지, 아니면 새로운 경지를 직접 느껴서 그런지 그의 심장이 두근거렸다.

"꼭 그렇지만은 않다고 생각합니다. 승부라는 건 붙어 봐야 아는 것이니까요."

"길고 짧은 건 대봐야 안다는 말을 하고 싶은 건가? 변수도 차이가 얼마 나지 않을 때나 생기는 거지 이 정도면 뭘 해도 결과는 달라지지 않아."

"저도 위험했습니다."

"빈말은. 처음부터 끝까지 긴장을 안 하던데."

"원래부터 얼굴에 티가 잘 나지 않습니다."

"퍽이나. 근데 썩 기분이 나쁘지 않아. 전혀 보이지 않던 길을 봐서 그런가."

북해빙궁주가 씨익 웃었다.

자그마치 이십 년이었다.

그 긴 시간 동안 그는 정체되어 있었다.

그래서인지 북해빙궁주는 패배했다는 굴욕감보다 새로운 길을 봤다는 사실에 기쁨을 느끼고 있었다.

아무리 찾아도 보이지 않았던 길이, 막연하기만 했던 길이 두 눈에 확실하게 보이자 북해빙궁주는 너무나 기뻤다.

물론 패배했다는 사실은 씁쓸하지만 그라고 해서 지금까지 단 한 번도 져 본 적이 없는 건 아니었다.

"사람은 같이 성장한다고 생각합니다. 혼자서는 한계가 있지요."

"자네도 마찬가지고?"

"그렇습니다. 필요하다면 적에게도 배워야 한다고 생각합니다. 저도 그랬었고요."

"하하하하!"

북해빙궁주가 시원스러운 웃음을 터트렸다.

지금의 말이 그의 자존심을 세워 주려고 한 말이 아님을 알 수 있어서였다.

순수하게 마음속에서 우러나오는 말이었기에 북해빙궁주 역시 있는 그대로 받아들일 수 있었다.

"이번에도 많은 걸 보고, 느끼기도 했고요. 그리고 그 경험은 다른 이들에게도 닿을 거라고 생각합니다."

"들은 대로 제자 사랑이 극진하군. 부러울 정도야. 또 궁금하기도 하고. 패왕의 제자는 어디까지 갈 수 있을지. 근데 그거 아나? 사부가 너무 대단하면 제자가 느끼는 부담감 역시 비례해서 상승하는 법이야."

"목표는 크게 잡을수록 좋다고 생각합니다. 또한 이룬 것보다 지키는 게 더 어려운 법이지요."

"이것 참. 젊은 만큼 좀 미끄러지지 않을까 싶었는데, 어림없겠구먼."

북해빙궁주가 입맛을 다셨다.

기다리면서 칼을 갈면 그래도 한 번 정도는 기회가 있지 않을까 싶었는데 말을 들어 보니 가망이 없을 듯했다.

하지만 그렇다고 아예 포기한 건 아니었다.

그가 넘을 수 없다면 후대에서 넘으면 될 일이었다.

'아들 녀석은 힘들 듯하지만 손자라면 또 모르지.'

태어나지도 않은 손자를 생각하며 북해빙궁주는 속으로 중얼거렸다.

아무래도 유하성의 시대에서 그를 뛰어넘는 건 힘들 것 같아서였다.

물론 유하성도 이십 년 동안 정체될 가능성이 있긴 했다.

다만 문제는 지금 수준으로만 있어도 몇십 년은 천하에 군림하는 게 가능하다는 것이었다.

"저에게도 끝은 있습니다. 모두에게 정해져 있는 죽음을 저라고 피할 수는 없죠."

"애먼 이야기는 그만하고, 식사나 하러 가세. 우리 애들한테 조언도 좀 해 주고."

"궁주님이 계신데 제 도움이 필요할까요?"

"또래에게 조언을 받는 게 아무래도 충격이 더 클 테니까."

"이미 충격은 받을 만큼 받은 것 같습니다만."

유하성의 시선이 북궁수에게로 향했다.

처음의 도발하던 눈빛은 사라지고 얼굴에는 오직 경악만이 떠올라 있었다.

"저 정도로는 부족해. 내가 아무리 세상은 넓고 숨은 고수들이 많다고 해도 귓등으로도 안 듣던 녀석일세. 그리고 격차가 너무 크면 오히려 실감이 안 나기도 하고."

"그럼 제격인 녀석들이 있습니다."

"아하."

북해빙궁주가 눈을 반짝였다.

누구를 말하는 건지 대번에 알아차린 것이었다.

유하성과 비교하면 손색이 조금 있기는 하지만 그건 비교 대상이 유하성이기에 그런 것이었다.

그리고 달리 말하면 유하성과 비교될 정도의 실력자라는 걸 뜻하기도 했다.

"세 사람이라면 충분히 천외천이라는 단어를 가르쳐 줄 겁니다. 세 사람에게도 좋은 경험이 될 테고요. 빙백신공은 오직 북해에서만 겪어 볼 수 있는 절대신공이니."

"자네가 인정해 줘서 그런지 더 기분이 좋군. 허허허."

빙백신공은 이미 북해제일의 무공이었다.

그것도 북해의 역사가 시작되던 때부터 지금까지 말이다.

한데 유하성이 그걸 인정해 주니 북해빙궁주는 묘하게 기분이 좋아졌다.

"이참에 바로 시작하는 것도 나쁘지 않을 것 같습니다. 궁주님께서도 괜찮으시다면 한번 어울려 주셔도 되고요."

"그 정도야 어렵지 않지. 막말로 화산파의 장문인, 개방주, 검후와 또 언제 비무를 해 보겠나?"

북해빙궁주가 의외로 흔쾌히 허락했다.
세 사람의 신분도 신분이지만 실력도 상당했기에 북해빙궁주로서도 나쁘지 않았다.
중원의 무학을 견식할 기회가 흔치 않기도 했고 말이다.
또 이번 일로 그 역시 느끼고 깨달은 바가 있었다.
"감사합니다."
"감사하기는. 자네에게 다 받아 낼 건데."
"말이 또 그렇게 흘러갑니까?"
"북해에 머무는 동안에는 나와 어울려 주어야 하네."
"알겠습니다."
각오하라는 듯이 말하는 북해빙궁주를 보며 유하성은 옅게 웃었다.
그에게도 꼭 나쁘지만은 않은 일이어서였다.

저벅저벅.
무당산 경내에서 제법 떨어진 외진 곳으로 유하성이 홀로 걸어왔다.
제자인 이소향을 처소에 놔두고서 말이다.
오늘만은 혼자 이곳을 찾아오고 싶었다.
두 사람의 추억이 서린 곳이자 이제는 유하성 혼자만 기억하는 곳.

"사부님."

생전에 명운이 가장 좋아했던 자리이자 이제는 그의 봉분이 있는 곳에 유하성은 도착했다.

누가 세심히 관리했는지 잡초는 단 하나도 보이지 않았다.

그 모습에 유하성은 옅은 미소를 머금으며 봉분 앞에 털썩 주저앉았다.

"저 서장과 북해에 다녀왔어요. 혹시 보고 계셨어요? 그래도 혹시 모르니까 얘기해 드릴게요."

편하게 주저앉은 유하성은 서장과 북해에서 있었던 일들을 이야기했다.

마치 명운과 대화하듯 말이다.

소림사에서 각현을 만나고 승리를 따낸 일, 포달랍궁을 찾아갔던 일, 북해빙궁에서 비무했던 일 등등 유하성은 모든 것들을 다 얘기했다.

명운의 꿈이자 그의 꿈을 이루었다고 말이다.

"천하제일문은 사실 이루었다고 보기 힘들지만, 이 정도면 그래도 얼추 이룬 게 아닐까요? 단시간에 이룰 수 있는 꿈은 아니니까요. 그리고 저 혼자서 이룰 수 있는 것도 아니고. 그래도 기반을 닦고 기둥은 세웠다고 생각해요."

누구보다 무당파를 사랑했던 명운을 향해 유하성이 말했다.

속가제자로서 이 정도면 충분히 할 만큼 했다고 말이다.

그리고 명운에게 배운 태극권으로 천하제일인이 되었으니 적어도 꿈의 절반 이상은 이루었다고 생각했다.

"제가 죽기 전에는 이룰 수 있을 것도 같고. 하지만 역시 말로만 설명하는 것보다는 보여 드리는 게 낫겠죠?"

어느새 노을이 지는 하늘을 올려다보던 유하성이 자리에서 일어났다.

엉덩이를 털며 일어난 유하성은 명운의 봉분을 향해 장난스럽게 포권을 하고는 태극권을 펼치기 시작했다.

명운에게 처음 태극권을 배우던 날을 떠올리면서 말이다.

이제는 무공을 넘어 추억이 된 태극권을 유하성은 춤을 추듯 펼쳤다.

完

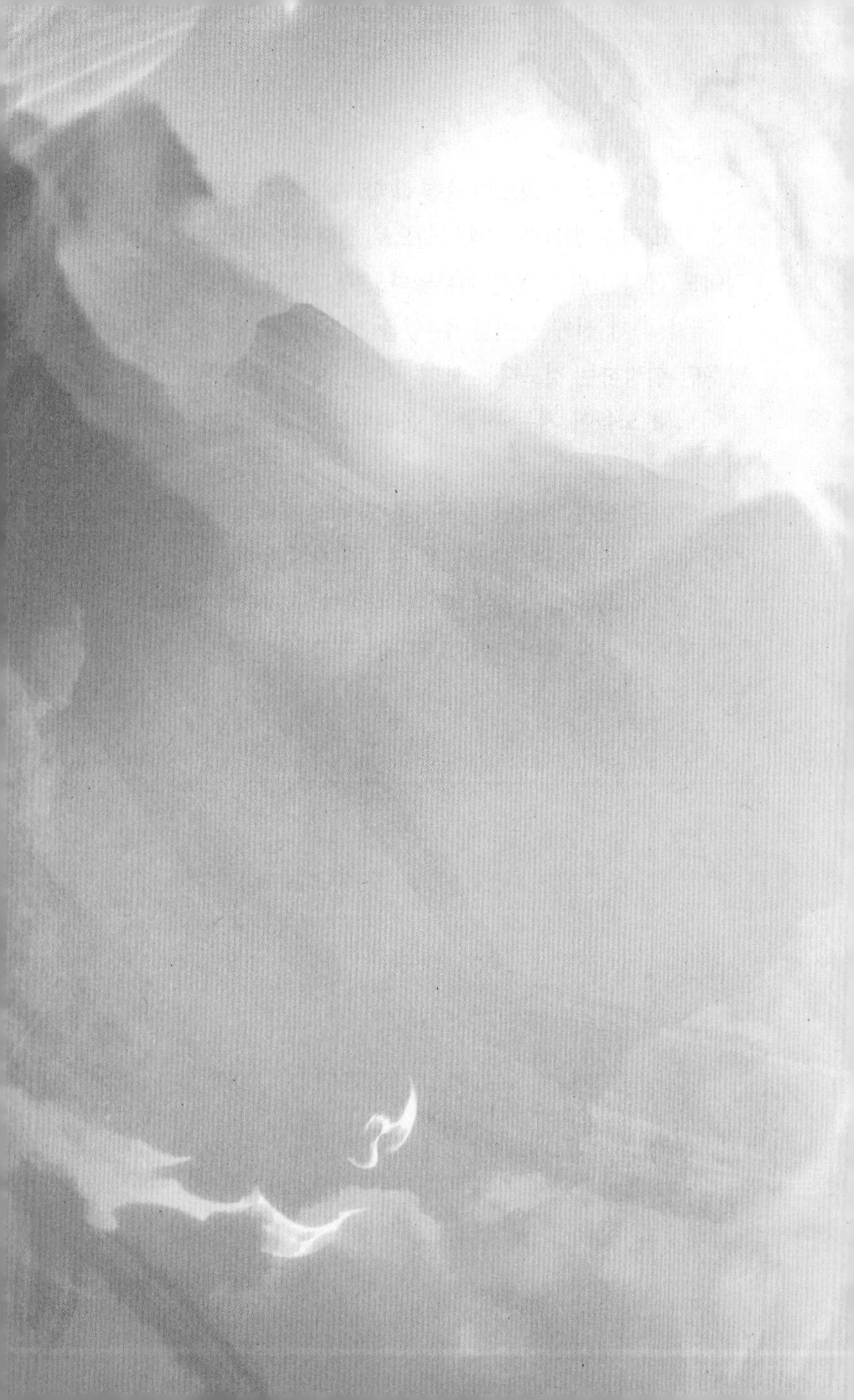

# 외전 1 그 후

명운과의 인사를 마친 유하성은 다음 날 해가 뜨기 무섭게 짐을 꾸렸다.

이소향과 함께 정들었던 처소를 떠날 준비를 했던 것이다.

"원호 사형이 이곳을 관리해 준다고 했어요."

"그래?"

"네. 언제든지 와서 쉴 수 있도록요."

"다행이네. 안 그래도 원경한테 부탁할까 고민하고 있었는데."

"원경 사형도 한다고 했어요."

이소향이 싱긋 웃으며 말했다.

의외로 처소를 관리해 주겠다고 나선 이들이 꽤 있었다.

원호와 원경 말고도 이대제자들 중에서도 꽤 많은 이들이 지원했으나 결과적으로 낙점된 건 원호였다.

정확하게는 원호가 으름장을 놓았기에 모두가 포기했다.

“사실 원경이 제일 알맞기는 하지. 연구동에서도 오래 지냈고.”

“원호 사형이 부재중일 때는 원경 사형이 할 것 같아요.”

“뭐, 다른 분들도 있으니까. 연구동과는 엎어지면 코 닿을 거리기도 하고.”

“많이 그리울 것 같아요.”

이소향이 아쉬움 가득한 눈빛으로 처소 곳곳을 살폈다.

그녀의 인생에서 거의 절반에 가까운 시간을 이곳에서 보냈기에 제2의 고향이나 다름없었다.

또 새로운 가족과 함께 정착한 곳이기도 했기에 이소향은 정이 뚝뚝 떨어지는 듯한 눈빛으로 다시 한번 방 안을 훑어보며 머릿속에 각인시켰다.

“뭘 그렇게 그리워해. 오고 싶으면 언제라도 올 수 있는데. 이곳이 남의 집도 아니고. 타 문파도 아닌데.”

“근데 막상 떠나려고 하니까 가슴속에서 무언가가 뚝 떨어진 것처럼 허전해요.”

“아예 안 올 것도 아니고 매년 찾아올 건데.”

“사조님의 기일 때 말씀이시죠?”

“응.”

비록 떠나지만 영영 이별하는 건 아니었다.

또 새로운 집과 거리도 그렇게까지 멀지 않았다.

마음만 먹으면 언제라도 찾아올 수 있는 거리였다.

그뿐만 아니라 이소향에게도 말이다.

"어르신들께서 많이 외로워하실 것 같아요."

"혼자 계신 것도 아니니까 괜찮아."

"그래도 점점 인원이 줄어드는 건 사실이니까요."

똑똑.

짐을 싸는데 누군가가 찾아왔다.

그런데 한두 명이 아니었다.

"들어오시죠."

익숙한 기척에 유하성이 살짝 의아한 표정을 지으며 입을 열었다.

이윽고 문이 열리며 명견과 장일덕을 위시로 연구동의 모든 인원이 방 안으로 들어왔다.

"안녕하세요."

갑작스러운 방문이었으나 예의 바른 이소향은 우선 인사부터 했다.

그러자 짐짓 심각한 표정을 짓고 있던 노인들이 하나같이 인자한 미소를 머금었다.

그들에게 있어 이소향은 손녀나 마찬가지였기에 다들 웃으며 인사를 받아 주었다.

"잘 잤니?"
"아침은 먹었고?"
할아버지가 손녀에게 묻듯이 쉴 새 없이 질문이 쏟아졌다.
그러나 이소향은 당황하지 않았다.
이렇게 애정이 듬뿍 담긴 질문 세례는 익숙했기에 차근차근 하나씩 대답했다.
"이 이른 아침부터 어쩐 일이십니까? 안 그래도 떠나기 전에 인사드리러 가려고 하긴 했습니다만."
"그 전에 우리의 결정에 대해서 말을 해야 할 것 같아서 말이다."
"우리의 결정이요?"
명견의 말에 유하성이 고개를 갸웃거렸다.
그러고는 명견을 비롯해서 어르신들의 표정을 살폈다.
갑자기 찾아온 것도 그렇지만 다들 표정이 심각해서였다.
마치 전쟁을 앞둔 병사와도 같은 결연한 신색에 유하성은 무슨 일인가 싶었다.
"받아 준다면 우리도 네 가문에 따라가고 싶다."
"예?"
유하성의 동공이 커졌다.
생각지도 못한 말에 놀란 것이다.
반면에 이소향은 눈을 반짝거렸다.
안 그래도 다 함께 가면 좋지 않을까 혼자 생각하고 있었기에 이소향은 반색한 표정을 지었다.

"네가 없는데 우리끼리 여기에 남아 있는 것도 좀 그렇고."

"사실 좀 그래. 눈치가 보인다고나 할까."

"그럴 리가요."

명견에 이어 장일덕이 입을 열었다.

하지만 그 말에 유하성은 무슨 소리냐는 듯이 반문했다.

지금까지 연구동이 이룬 성과를 생각하면 눈치를 본다는 건 말이 되지 않았다.

오히려 극진히 모신다면 모를까.

"우리 주제는 우리가 잘 알지, 암."

"사실 너 없이 우리 스스로 지금처럼 해 나갈 자신도 없고. 솔직히 말하면 우리는 네가 잡아 준 방향대로 연구한 게 다니까."

"그렇지 않습니다. 저 혼자였다면 이런 결과들을 내지 못했을 겁니다."

스스로를 폄하하는 장일덕과 명견을 바라보며 유하성은 고개를 저었다.

전체적인 방향을 제시한 건 분명 그가 맞았다.

하지만 그렇다고 해서 연구동이 그저 얹혀 가기만 한 건 절대 아니었다.

유하성이 미처 보지 못한 걸 짚어 내고, 연구한 게 이들이었다.

"그렇게 말해 주니 고맙구먼."

"근데 그래서 따라가고 싶은 게야. 네가 떠나면 더 이상 재미있게 연구를 하지는 못할 것 같거든. 이제 우리가 할 수 있는 건 얼추 끝나기도 했고. 이만하면 할 만큼 했다고나 할까."

장일덕이 개운한 표정을 지었다.

더 이상은 미련이 없다는 얼굴이었다.

"어르신께서는 균현에 가족도 있지 않습니까?"

"아, 난 명견과 달라. 왔다 갔다 할 거야. 네 말대로 가족이 있으니까. 겸사겸사 새로운 연구도 하고. 너도 이대로 내려놓지는 않을 거 아냐? 태극혜권으로 끝낼 거야? 심지어 그건 자식들에게 전수할 수도 없는데?"

"……."

장일덕이 의미심장하게 웃었다.

그런데 그 말에 유하성은 대답하지 못했다.

안 그래도 그 부분에 대해서 고민하는 중이었다.

면장, 십단금, 태극혜권이라는 상승절학을 익혔지만 실질적으로 제자인 이소향에게 가르치는 건 진무 태극권뿐이었다.

그를 이어 이소향이 속가장문인이 된다면 태극혜권을 전수하는 것도 가능하지만 그건 너무 먼 미래의 일이었다.

그래서 요즘 들어 유하성은 생각이 많았다.

"자식들도 생각해야지? 부인이 네 명이니 자식도 최소 네 명일 거 아냐?"

"흠흠! 우리가 도와줄 일이 있을 것 같은데."

명견이 슬그머니 거들었다.

그 역시 무당파의 제자지만 유하성과 무당파를 저울에 올린다면 당연히 선택은 유하성이었다.

다른 이들도 마찬가지기에 여기에 온 것이었고.

무당파를 싫어하는 게 아니라 유하성이 더 좋은 것이었다.

"아직도 응어리가 남아 있는 것입니까?"

"원래 나이를 먹으면 애가 된다고 하잖아. 쉽게 안 잊히더라고. 많이 작아지긴 했는데, 아직 남아 있어."

멋쩍어하는 다른 이들과 달리 장일덕은 당당했다.

서로 다 아는데 굳이 에둘러 말할 필요가 없다고 생각해서였다.

그리고 엄밀히 말해 그는 유하성을 보고 연구동에 온 것이지 무당파를 위해서 이곳에 머문 게 아니었다.

"여전하시네요."

"원래 사람은 안 바뀌는 거야. 난 바뀌고 싶지도 않고."

"소향이가 보고 있습니다만."

"세상은 원래 이런 거야. 소향이도 알아야지. 세상물정 모르는 것보다는 아는 게 더 도움이 되기도 하고. 철이 아예 안

들었으면 모를까 이미 들었는데 굳이 숨길 필요는 없지."
"근데 목소리는 왜 떠십니까?"
장일덕의 얼굴이 살짝 붉어졌다.
아닌 척했지만 민망한 건 어쩔 수 없었다.
"전 그래도 할아버지가 좋아요."
"푸흐흐흐!"
바늘로 찔러도 피 한 방울 나오지 않을 것 같은 꼬장꼬장한 성격을 가진 게 장일덕이었다.
하지만 그런 그도 이소향의 애교에는 끔뻑 죽었다.
그렇다고 이소향이 친손녀도 아닌데 말이다.
"일단 같이 가시죠. 그간 너무 연구만 하시지 않았습니까. 머리를 식힐 때도 되었다고 생각합니다."
"여행이라."
"다 같이 강호유람을 하셔도 되고요. 비용은 제가 대겠습니다."
"우리도 돈 있다. 너한테 받아야 할 정도로 없지 않아."
이소향을 품에 안은 채로 장일덕이 까칠하게 말했다.
뒷방 늙은이라 해도 과언이 아닐 정도로 다들 늙었지만 그렇다고 돈까지 없는 건 아니었다.
오히려 이래저래 모은 돈이 다들 꽤 있었다.
"부족할지도 모르니까요."
"그 정도 앞가림은 할 수 있어. 우리가 돈이 없어서 얹혀 살겠다는 게 아냐."

"알겠습니다."

이상한 부분에서 고집을 부리는 장일덕의 모습에 유하성은 어깨를 으쓱거렸다.

괜찮다는데 쥐여 주겠다고 하는 것도 웃겨서였다.

"어쨌든 받아 주겠다는 거지?"

"예. 어르신들이라면 저야 환영이죠. 소향이도 좋아할 테고요. 이제 사형제들을 보기 힘들 테니."

"거리도 얼마 안 되는데 오고 싶으면 오라고 하면 되지. 아님 네가 자주 오거나. 속가장문인인데 정기적으로 방문해야지?"

"꼭 그럴 필요가 있을까요?"

필요에 의해서 속가장문인이 되기는 했으나 딱히 유하성이 하는 일은 없었다.

분란이 있다면 중재를 해야겠으나 이상하게 그가 속가장문인이 되고 난 후 별다른 사건 사고가 없었다.

어쩌면 천하제일인이 되어서 그런 걸지도 몰랐다.

"우린 준비 다 됐다. 출발만 하면 돼."

"봇짐이 답니까?"

"공수래공수거 몰라? 무당산에서 얻은 건 다 남겼다. 옷가지나 필요한 물품들이야 가서 사면 되지."

"그럼 출발하시죠."

단출한 차림만큼이나 후련한 표정을 짓고 있는 그들을 둘러보며 유하성이 입을 열었다.

대화하는 사이에도 짐을 싸고 있었기에 유하성은 일행을 이끌고 처소를 나섰다.

강서성의 성도 남창의 북쪽에 위치한 꽤나 큰 장원 앞에 선 명천이 주변을 두리번거렸다.

이곳이 맞나 확인해 보는 것이었다.

대개 정문에는 현판이나 편액이 걸려 있는데 이곳에는 그런 게 없었다.

무명장(無名莊)도 아니고 이름 하나 걸려 있지 않은 모습에 명천이 눈살을 찌푸렸다.

"뭘 그렇게 두리번거리십니까? 규모로 보나 위치로 보나 여기밖에 없는데. 설사 잘못 찾아온 거면 지나가는 사람들에게 물어보면 되지 않습니까?"

"마음에 안 들어서 그런가. 이곳에 정착한 지 꽤 됐는데도 현판 하나 안 달은 게."

"고민 중일 수도 있지요."

"하성이 성격을 몰라? 걔는 이렇게 오래 고민할 성격이 아냐."

명천이 단호하게 고개를 저었다.

그러나 명덕의 생각은 달랐다.

홀몸이었을 때와 가장이 되어서 느끼는 무게감은 달라서였다.

더욱이 향후 백 년, 더 나아가 이백 년, 삼백 년 동안 사용할 이름이라면 신중해서 나쁠 건 없었다.

"저는 이해합니다."

"내 속 뒤집으려고 쫓아온 게냐?"

"전 사형을 쫓아온 게 아닙니다만. 하성이와 소향이를 보러 여기에 온 겁니다."

쏘아보는 명천의 눈빛에도 명덕은 기죽지 않았다.

그럴 나이도 아니거니와 어쩌다 보니 일정이 겹친 것이지 명천을 따라온 게 아니었다.

"에잉!"

같이 늙어 가는 처지에 이러쿵저러쿵하지 말자는 듯한 명덕의 모습에 명천이 얼굴 가득 못마땅한 표정을 지었다.

하지만 거기서 더 뭐라 하지는 않았다.

답답한 마음에 쏘아 댄 거지 명덕이 싫어서 구박한 건 아니었다.

"일단 들어가시죠."

끼이익.

문지기 하나 없이 닫혀 있는 문을 명덕이 조심스레 열었다.

그러자 깔끔하게 잘 관리된 전경이 두 눈 가득 들어왔다.

"왜 아무도 안 나오지? 인원이 적지 않은 걸로 아는데."

"한창 정신없을 때 아닙니까. 하나도 아니고 넷이나 있는데."

"그래도 내가 오는 걸 뻔히 알 텐데 마중 나와 있는 이가 하나도 없다는 건 좀 문제가 있는 거지."

"바쁘면 그럴 수도 있지요. 너무 그렇게 서운해하지 마시죠."

"누가 서운해한다고 그래?"

명천이 버럭 소리를 질렀다.

그러나 강한 부정은 강한 긍정인 법이었다.

"오셨어요?"

그때 익숙한 목소리와 함께 하나의 인영이 두 사람에게로 다가왔다.

바로 이소향이었다.

이제는 소녀가 아니라 제법 여인의 태가 나는 이소향의 모습에 명천이 언제 투덜거렸냐는 듯이 환하게 웃었다.

"이제는 숙녀가 다 되었구나."

"아직 그 정도는 아니에요."

"시간이 참 빨라. 아기였던 게 엊그제 같은데."

새삼 느끼는 시간의 흐름에 명천이 아련한 표정을 지었다.

이소향을 처음 봤을 때를 떠올리는 것이었다.

그때는 이소향이 사손이 되리라고는 상상도 하지 못했었다.

"왜 쓸데없는 얘기를 하는지 모르겠구나. 하성이는 아이들과 있느냐?"

"예. 기다리고 계세요."

"허허허. 얼른 가자꾸나."

명덕이 눈을 반짝였다.

유가장, 혹은 패왕문이라 불리는 이곳도 궁금하기는 했으나 그래도 유하성의 자식들만큼은 아니었다.

때문에 명덕은 이소향을 따라 안으로 들어갔다.

"사부님. 두 분을 모셔 왔어요."

"고생했다."

"아니에요."

접객실 안에서 들려오는 유하성의 목소리에 이소향이 살포시 웃으며 문을 열었다.

명천과 명덕이 들어갈 수 있도록 문을 열어 준 것이었다.

끼이익.

이윽고 느릿하게 문이 열리며 방 안의 풍경이 두 사람의 눈에 들어왔다.

"우우?"

"에?"

유하성을 중심으로 옹기종기 모여 있던 아가들이 명천과 명덕을 보고는 앙증맞은 눈을 동그랗게 떴다.

처음 보는 할아버지들의 등장에 살짝 놀란 것이었다.

"허허허허!"

일제히 자신과 명덕을 번갈아 쳐다보는 한 살 남짓한 아기들의 모습에 명천이 너털웃음을 터트렸다.

그저 보는 것만으로도 마음이 정화되는 느낌이 들어서였다.

지금껏 살아오면서 수많은 아이들을 봐 왔지만 이런 기분은 처음이었다.

"딸 둘에 아들 둘이라. 균형은 딱 맞네. 근데 어째 아빠보다는 넷 다 엄마 쪽을 더 닮은 거 같은데?"

이소향에게 서슴없이 다가가 안기는 사내아이 둘과 여전히 아빠 품에 안겨 있는 딸들을 차례대로 살펴보며 명덕이 고개를 갸웃거렸다.

어째 아빠를 닮은 아이가 하나도 없는 것 같아서였다.

"너는 왜 말을 해도 그런 말을 해?"

명천이 눈살을 찌푸렸다.

좋은 말을 해도 모자랄 판에 이상한 말을 하고 있어서였다.

하지만 그 표정은 이내 눈 녹듯이 사라졌다.

그를 바라보는 순진무구한 네 쌍의 눈빛 때문이었다.

"어어?"

"할아버지는 아니고. 뭐라고 해야 하나. 어르신?"

"왜 할아버지가 안 돼?"

명천이 미약하게 눈살을 찌푸렸다.

혹시라도 아이들이 놀랄까 싶어 최대한 표정 관리를 하는 것이었다.

"진짜 할아버지가 계시니까요."

"외할아버지잖아. 나는 친할아버지 하면 되지."

"그건 좀."

유하성이 대놓고 떨떠름한 표정을 지었다.

틀린 말은 아니지만 그렇다고 맞는 말도 아니었다.

명운이라면 모를까 명천은 친할아버지라고 하기에 좀 그랬다.

"그럼 할부지 정도로 해. 발음하기도 편하고. 나중에 제대로 발음하게 되면 그때 자세히 설명해 주면 될 일 아니냐."

"괜찮네요."

"자, 할부지라고 해 보거라."

"아부? 하부부?"

유하성의 양쪽에 폭 안겨 있던 여아들이 눈을 껌뻑거렸다.

그런데 아직 발음이 새는 모양인지 단어를 제대로 말하지 못했다.

하지만 그조차도 명덕의 눈에는 너무나 귀여워 보였다.

"허허허!"

새하얀 피부에 또렷한 큰 눈망울을 가진 여자아이를 보고 있자니 마음이 깨끗해지는 느낌이었다.

그래서인지 욕심이 났으나 선뜻 손을 뻗지는 못했다.

혹여나 잘못 안을까 싶어서였다.

"한번 안아 보시겠습니까?"

"그, 그래도 되나?"

"물론이죠. 보셨다시피 걷는 게 빨라서 몸의 중심을 제법 잡습니다. 그래도 혹시 모르니까 등을 받쳐 줘야 합니다. 목이 꺾여도 안 되고요."

꿀꺽!

명덕이 마른침을 삼켰다.

적들의 목을 수도 없이 꺾었지만 이번만은 절대 그래서는 안 되었다.

작고 앙증맞은 아이이기에 명덕은 입술을 굳게 다물며 조심스럽게 여자아이를 안았다.

"으히!"

"허허허!"

혹여나 다칠까 명덕은 조심스럽게 여아를 안았다.

그러면서 내심 걱정했다.

한창 낯을 가릴 시기였기에 혹시나 안기 무섭게 울까 싶어서였다.

한데 그런 걱정이 무색하게도 안긴 아기는 그의 수염이 마음에 드는 모양인지 방긋 웃으며 얼마 되지도 않는 힘으로 잡아당겼다.

"크흠! 커험!"

처음 보는 사이임에도 낯설어하기는커녕 되레 방긋방긋 웃으며 명덕과 노는 모습에 명천이 부러움 가득한 헛기침을 했다.

자신도 안아 보고 싶지만 선뜻 말이 나오지 않았다.

"사백도 안아 보시겠습니까?"

"그, 그럴까?"

자신이 말을 더듬는다는 것도 모르는지 명천이 반색했다.

그러고는 아직 유하성의 품에 안겨 있는 아기를 잔뜩 기대한 표정으로 바라봤다.

아기가 겁을 먹지 않도록 얼굴에는 미소를 유지한 채로 말이다.

"수정이만큼 소정이도 순해요. 낯도 안 가리고요."

"진짜?"

"예. 사내자식들이 오히려 더 많이 울어요. 지금도 소향이 품에 안겨 있잖아요."

"흠흠!"

낯을 안 가린다는 말에 명천의 얼굴이 밝아졌다.

안자마자 울음을 터트리는 사태는 다행히 벌어지지 않을 것 같아서였다.

그래도 긴장을 풀지는 않았다.

"아까 전에 설명한 거 들으셨죠?"

"물론이지. 나 아직 깜빡깜빡할 정도로 늙지 않았다. 소향이도 한 손에 안을 정도로 정정해."

"그래 보이긴 해요."

나이는 유하성보다 훨씬 많이 먹었지만 명천의 인생에 아빠라는 역할은 없었다.

그렇기에 명천은 몇십 년 만에 잔뜩 긴장했다.

얼마나 긴장했는지 명덕처럼 두 팔을 미약하게 떨었다.

천하의 무당검선이 아이 때문에 양팔을 떠는 모습에 유하성은 실소를 흘렸다.

스윽.

하지만 떨리던 두 팔은 유소정을 안기 무섭게 멎었다.

떨림이 아이에게 불안감을 조성할 수 있기에, 혹시라도 떨어뜨릴까 싶어 명천은 아랫입술을 깨물고서 유소정을 안았다.

"하부부?"

"허허허! 그래. 내가 할부지다, 할부지야!"

낯가림이 없다는 게 사실인지 두 눈을 말똥말똥하게 뜨고서 자신을 올려다보는 유소정의 모습에 명천이 이제야 편하게 웃었다.

그뿐만 아니라 한 손으로는 등을 받치고 반대편 손으로는 유소정의 머리를 부드럽게 쓰다듬었다.

아기 특유의 연하고 보들보들한 머리카락에 명천은 자기도 모르게 환하게 웃었다.

"으잉? 으에?"

"수정이처럼 수염이 신기한 모양이구나."

두 눈을 껌뻑이며 새하얀 수염을 잡아당겼으나 명천은 아프지 않았다.

뼈가 부러지는 고통에 비하면 수염 몇 가닥 뽑히는 건 아무것도 아니었다.

아니, 품 안에서 울지 않는 것만으로도 그는 감격이었다.

"선풍도골 같은 모습은 처음이니까요. 도복은 익숙해도 백염과 백미를 그렇게 멋들어지게 기르신 분은 드물죠."

"벌모세수를 한 모양이구나."

"무공을 익히게 될지 모르지만, 그래도 건강하게 자랐으면 싶어서요."

"무공을 안 가르치려고?"

명천이 무슨 소리냐는 듯이 반문했다.

그런데 그건 유수정을 안고 있던 명덕도 마찬가지였다.

다른 이도 아니고 당대의 천하제일인이 유하성이었다.

한데 자식에게 무공을 가르치지 않겠다고 하자 두 사람은 이해가 되지 않았다.

"안 가르치겠다는 게 아니라 아이들의 선택을 존중하겠다는 뜻입니다. 무가의 자식이라고 해서 반드시 무공을 익혀야 하는 건 아니니까요. 학문에 뜻이 있다면 최대한 지원해 줄 생각입니다."

"그쪽에 재능이 없어도?"

"자기 인생입니다. 재능이 부족하다고 해서 안 된다고 말하는 건 너무 잔인하지 않습니까. 하고 싶은 대로, 할 수 있는 만큼 해 보도록 뒤에서 묵묵히 지원해 주는 것도 부모의 몫이라고 생각합니다."

"흐음."

명천이 심각한 표정을 지었다.

솔직히 그는 이해가 되지 않았다.

유하성의 자식이라면 무재가 보통 이상은 될 터였다.

설사 그렇지 않다고 하더라도, 평범한 수준이라도 유하성이 가르친다면 한계를 뛰어넘는 것도 불가능하지만은 않았다.

"이제는 자식 문제 가지고도 이래라저래라하시는 겁니까? 자식 문제는 하성이가 결정할 일입니다."

"뭐, 조언도 못 하나?"

"오지랖입니다, 사형."

"뭐야?!"

명천이 버럭 소리를 질렀다가 이내 퍼뜩 놀랐다.

품에 유소정을 안고 있다는 사실을 뒤늦게 깨달은 것이다.

"으아아앙!"

"히끅! 끅!"

놀랐는지 유소정은 울었고, 유수정은 딸꾹질을 했다.

그 모습에 명천이 어쩔 줄을 몰라 했다.

자신이 잘못한 것은 맞지만 둘 다 울음을 터트리니 어찌해야 할지 감이 잡히지 않아서였다.

"괜찮습니다. 그래도 오래 버텼네요."

"나도 같은 생각 했다."

"끄응!"

명천의 얼굴이 다시금 붉어졌으나 소리치지는 않았다.

똑같은 실수를 반복할 수는 없어서였다.

그사이 유하성은 두 딸을 안고 부드럽게 달랬다.

"괜찮아, 괜찮아. 별거 아냐. 그냥 대화한 거야."

"허어."

울먹이는 두 아이가 순식간에 울음을 그치는 광경에 명천이 입을 쩍 벌렸다.

이런 면모도 처음이지만 아이를 저렇게 잘 다룬다는 사실이 놀라워서였다.

"역시 아빠는 다르네."

"아이를 키우면 다 이 정도는 합니다. 그런데 짐부터 푸셔야 하는 거 아닙니까?"

"짐이 어디 있어? 우리는 그냥 몸만 왔다. 도복이야 여기에도 있을 테고. 따로 필요한 게 있겠어?"

"그러네요. 그래도 방은 아셔야죠. 소향아, 숙소로 안내 좀 해 줄래?"

"네."

유하성의 부탁에 두 남자아이를 안고 있던 이소향이 몸을 일으켰다.

그런데 두 녀석이 떨어지려 하지 않았다.

계속 안겨 있으려는 두 아이의 모습에 이소향은 결국 어쩔 수 없다는 듯이 웃고는 그대로 안은 채로 방을 나섰다.

끼이익.

이소향이 명천과 명덕을 데리고 나간 뒤 얼마 안 가 다시 문이 열렸다.

제갈령령을 위시로 남궁희수, 황주연, 서문예지가 찾아온 것이었다.

"어마!"

네 여인의 등장에 유수정과 유소정이 각자 엄마의 품에 안겼다.

그러고는 방금 전에 있었던 일을 얘기하듯 옹알거렸다.

“두 아이는 따라간 모양이네요?”

“응. 소향이 품을 안 벗어나려 하더라고.”

“어째 엄마 품보다 누나 품을 더 좋아하는 것 같아요.”

제갈령령이 새쭉한 표정을 지었다.

질투심을 숨기지 않으면서 말이다.

“그래도 잠은 령 매와 자잖아. 그게 중요해. 결국에는 엄마 품으로 돌아온다는 거니까.”

“제가 이긴 거겠죠?”

“참 의외인 부분에서 승부욕이 폭발한다니까.”

“근데 싫지는 않아요. 저도 개인적인 시간이 필요하니까요.”

제갈령령이 씨익 웃었다.

질투가 나지만 편한 것 또한 사실이었다.

아무리 자식이라고 해도 하루 종일 보살피는 건 힘들었다.

사랑하니까 견디는 거지 그렇지 않았다면 버티지 못했다.

“형제들이 있어서 참 좋아.”

“저도 참 다행이라고 생각해요.”

“하나씩 더 낳는 것도 괜찮을 것 같아요.”

유하성의 옆으로 남궁희수와 서문예지가 은근슬쩍 다가왔다.

딸을 낳았으니 이번에는 아들을 낳고 싶다는 듯이 말이다.

묘한 열망이 서린 두 아내의 눈빛에 유하성이 실소를 흘렸다.

"어머머? 쟤들 좀 보게?"

"우리도 이번에는 딸을 낳아 볼까? 가가의 표정을 보아하니 형제가 많았으면 하는 표정인데."

남궁희수가 유혹하듯 눈웃음을 지었다.

아이를 낳았음에도 미모가 사라지기는커녕 원숙미가 더해져서 더욱 아름다워진 남궁희수가 치명적인 미소를 머금고서 유하성의 가슴을 쓰다듬었다.

"나는 찬성."

"소첩은 언제라도 준비가 되어 있어요."

"하하하."

유소정과 유수정이 있음에도 농밀한 애정 표현을 거침없이 하는 남궁희수의 모습에 유하성이 피식 웃었다.

하지만 지금은 자식 계획을 논할 때가 아니었다.

"어떡하실 거예요?"

"태극혜권으로 내가 무당파에 할 일은 다했어. 사문의 이름도 충분히 드높였고. 이제는 나와 우리 가족에게 집중해야지. 이 정도 했으면 할 만큼 했잖아?"

"물론이죠. 이미 넘치도록 하셨죠. 그리고 어쩌면 제가 너무 앞서 생각한 것일 수도 있고요."

제갈령령이 빙긋 웃었다.

그러나 유하성은 그녀의 우려가 과하다고 생각하지 않았

다.

또한 이제는 무당파만큼 그에게 중요한 가족이 생기기도 했고.

“이름은 유가장이 제일 무난하겠지?”

“남창유가도 괜찮을 것 같아요. 유가장은 너무 흔한 느낌이라.”

“괜찮네, 남창유가.”

“나중에 오대세가가 육대세가가 되는 거 아니에요?”

“사실 가가가 계신 것만으로도 웬만한 가문은 상대가 안 되기는 해.”

여인들이 재잘거렸다.

상상하는 것만으로도 기분이 좋아져서였다.

그런 아내들의 모습에 유하성의 입가에도 따뜻한 미소가 맺혔다.

혼자였던 삶이 길었기에 유하성은 이런 왁자지껄함이 좋았다.

# 외전 2 야생의 왕

"우아아아!"

"같이 가!"

"조심해!"

네 명의 아이들이 목장을 뛰어다녔다.

짤막한 다리로 지치지도 않는지 계속 뛰어다니는 모습에 황주연은 시선을 떼지 못했다.

혹시라도 넘어질까 싶어서였다.

"다들 힘이 넘치는구나."

"원래 아이들이 잘 지치지 않는다고 하는데, 그래도 좀 더 유별난 거 같아요. 가가를 닮아서 그런 건지."

마냥 신나서 뛰어노는 아이들과 달리 황주연은 깊은 한숨을 내쉬었다.

넷이서 다 같이 돌볼 때는 그나마 나은데 지금처럼 혼자서 네 아이를 챙겨야 할 때는 진짜 진이 다 빠졌다.

그나마 지금은 대화가 어느 정도 통했기에 나아졌지 말이 트이기 전에는 정말 너무 힘들었었다.

"아이들이야 원래 다 저렇지. 오히려 가만히 있으면 그게 더 안 좋은 거야. 병이 있을지도 모른다는 뜻이니까."

한숨을 푹푹 내쉬는 황주연과 달리 황만덕은 그저 헤픈 미소만 머금었다.

아이들이 뛰어노는 것을 보는 것만으로도 기분이 좋아져서였다.

특히 황주연이 사내아이를 낳았다는 사실이 그를 더 기쁘게 만들었다.

"다행히 병은 없어요. 가가께서 직접 벌모세수를 해 주셨거든요."

"그 얘기는 들었다. 아마 평생 동안 잔병치레는 하지 않겠지. 그래도 보약은 꾸준히 먹이거라. 먹어서 나쁠 건 없으니까. 다른 아이들 차별하지 말고."

"어련히 알아서 잘할까요."

황만덕의 잔소리에 황주연이 눈을 흘겼다.

안 그래도 차별한다는 말이 나올까 싶어 매일 조심하고 있었다.

"하긴. 어려서부터 넌 똑 부러졌으니까. 그나저나 참 신기하단 말이지. 어떻게 저렇게 영리할까."

"명마가 괜히 명마겠어요? 갓난아기일 때부터 보기도 했고요."

아이들과 놀아 주는 흑풍을 보며 황만덕이 신기하다는 표정을 지었다.

보통은 위험해서 절대 저렇게 가까이 두지 않는데 이곳은 달랐다.

아니, 정확하게는 흑풍이 달랐다.

아이들끼리 있어도 흑풍은 절대 물거나 공격적인 모습을 드러내지 않았다.

할짝!

오히려 아이들과 놀아 주듯 장난스레 얼굴을 핥은 후 도망쳤다.

마치 잡아 보라는 듯이 말이다.

그렇다고 빨리 도망치는 것도 아니었다.

흑풍이 마음먹고 달리는 것에 비하면 기어가는 것이나 다름없는 속도로 도망쳤다.

"꺄하! 거기 서!"

"나나, 태워 줘!"

"나도 나도!"

"흑풍아~!"

꼬리를 살랑거리며, 달려오는 아이들을 향해 흑풍이 장난스럽게 투레질을 했다.

고작 이 정도도 따라오지 못하냐는 듯이 말이다.

그런데 그 도발에 아이들이 자지러지듯이 웃었다.

"저 정도면 영물이라고 해도 될 것 같은데."

"저희도 이대로 잘 자라면 영물이 되지 않을까 생각하고 있긴 해요."

"흑풍이의 자식들을 찾는 고관대작들이 늘고 있는 거, 알고 있지?"

"혈통이란 말이 괜히 있겠어요?"

황주연이 자랑스럽게 말했다.

그녀에게 있어 흑풍은 단순한 말이 아니었다.

가족이자 친구였다.

어쩌면 그걸 알기에 흑풍이 아이들을 저렇게 돌보는 것일지도 몰랐다.

"정말 상상도 못 한 방법이었어. 아무리 야생마들이 많다고 하지만 이렇게 단기간에 규모를 늘릴 줄이야."

"저희는 무당산에서 본 게 있어서 이렇게 잘될 줄 알았어요. 어딜 가든 흑풍이가 대장이 되더라고요."

"저 덩치에 저 힘이면 야생의 맹수들도 함부로 덤벼들지 못하지. 혼자 있는 것도 아니고."

두두두두!

황만덕의 시선이 드넓은 목장을 질주하는 백여 마리의 말들에게로 향했다.

대부분이 야생마 출신이고 흑풍의 자식들은 2할도 채 안 되었지만 그럼에도 기세가 대단했다.

기마대를 보는 듯한 돌진에 황만덕은 자기도 모르게 침을 삼켰다.

"들리는 얘기에 의하면 웬만한 늑대 무리는 그냥 짓밟고 지나간다 하더라고요."

"그럴 게야."

황만덕이 고개를 주억거렸다.

그러고는 흑풍과 노는 손자를 바라봤다.

이제 세 살이 되었다고는 믿기 힘들 정도로 잘 뛰어다니는 손자의 모습에 황만덕의 입가에 흐뭇한 미소가 맺혔다.

그에게는 많은 손자손녀들이 있었지만 저 아이는 특별했다.

'자그마치 천하제일인의 아들이지! 그와 동시에 금와장주인 나의 손자이기도 하고.'

요즘 황만덕은 밥을 먹지 않아도 배가 불렀다.

한낱 장사치라고 그를 무시하던 이들이 지금은 어떻게든 비위를 맞추려고 갖은 노력을 다하고 있었다.

이 모든 게 천하제일인 사위를 둔 덕이었다.

"으허허! 으허허허!"

살맛 난다는 듯이 너털웃음을 터트리는 황만덕의 모습에 황주연도 빙그레 웃었다.

부친이 좋아하니 그녀도 기뻤던 것이다.

실컷 놀아 줘서인지 곯아떨어진 아이들이 엄마 품에 안겨 목장을 벗어나자 흑풍은 목을 좌우로 꺾었다.

아이들과 노는 건 즐겁지만 그만큼 힘들기도 했다.

함부로 힘을 쓸 수도 없었고 말이다.

그래서 흑풍은 길게 울부짖은 후 달려 나갔다.

두두두두!

갑작스러운 흑풍의 질주였으나 목장을 돌아다니던 말들은 놀라지 않았다.

이런 일이 한두 번이 아니었기에 알아서 흑풍의 뒤를 따랐다.

잠시 후 목장을 벗어난 흑풍은 산책 삼아 자주 찾는 야산을 질주했다.

푸드득!

백여 마리의 말들이 미친 듯이 산을 헤집고 다니자 조용히 휴식을 취하고 있던 산새들이 일제히 날아올랐다.

하지만 흑풍은 산새들이 놀라거나 말거나 계속해서 질주

했다.

푸히히힝!

가슴이 뻥 뚫리는 듯한 개운함에 흑풍이 만족스러운 포효를 토해 냈다.

한데 그때 멀지 않은 곳에서 살기가 가득 담긴 맹수의 울음소리가 들려왔다.

흑풍의 포효가 마음에 들지 않는다는 듯이 마주 울부짖는 소리였다.

동시에 낯선 냄새가 흑풍의 코를 자극했다.

푸륵. 푸르르.

어제까지만 해도 없었던 낯선 체취에 흑풍이 낮게 투레질을 했다.

마치 웃는 듯이 코를 벌렁거렸던 것이다.

그러고는 낯선 냄새가 풍겨 오는 곳으로 느긋하게 걸어갔다.

절대 서두르지 않았다.

크르르르.

잠시 후 흑풍은 낮은 언덕에 위풍당당하게 서 있는 곰 한 마리를 볼 수 있었다.

막 파 놓은 땅굴 앞에서 검은색의 곰이 두 발로 서서 흑풍을 노려봤다.

자기 몸을 잔뜩 펼친 듯한 모습으로 말이다.

그러나 흑풍은 눈앞의 곰이 막 성체가 된 녀석임을 알아봤다.

푸힝.

어미 품을 떠나 갓 독립한 것으로 보이는 흑곰의 모습에 흑풍이 비웃음을 머금었다.

분명 야생의 곰은 맹수 중에서도 상당히 강력한 짐승이었다.

호랑이를 제외하면 적수가 없을 정도로 말이다.

하지만 흑풍은 흑곰을 앞에 두고서도 전혀 겁먹지 않았다.

크아앙!

그 기색을 느낀 모양인지 흑곰이 크게 울부짖었다.

두 눈에 살기를 가득 담고서 위협적으로 포효를 내질렀던 것이다.

푸르릉.

하지만 그 포효를 보고도 흑풍은 가소롭다는 표정을 지었다.

산전수전 다 겪은 흑풍에게 이제 막 성체가 된 녀석은 핏덩어리에 불과했다.

유하성과 백현승이 나이를 먹은 것처럼 흑풍도 적지 않은 세월을 살아왔다.

더욱이 보통의 말들과 다르게 흑풍은 서장과 북해도 다녀온 말이었다.

그렇기에 흑곰의 포효가 흑풍은 귀여웠다.

두려움을 감추기 위해 털을 바짝 세우는 느낌이라고나 할까.

그드득.

그러나 귀엽다고 해서 봐줄 마음은 전혀 없었다.

야생의 세계는 냉혹한 법이었고 이곳은 흑풍의 영역이었다.

이 주변을 지배하는 왕으로서 흑풍은 도전자를 내버려둘 생각이 전혀 없었다.

그래서 흑풍은 앞발로 바닥을 살살 긁고는 이내 달려들었다.

크, 크와아앙!

순식간에 머리를 들이밀고 달려오는 흑풍의 모습에 흑곰이 살짝 당황했다.

길지 않은 생을 살아왔지만 말이 이렇게 달려오는 건 처음이었다.

대부분의 말은 자신의 포효 소리를 듣기 무섭게 꽁무니가 빠져라 도망쳤었는데 흑풍은 달랐다.

두두두두!

눈곱만큼도 겁먹은 기색 없이, 오히려 오만하게 내려다보며 달려드는 흑풍의 모습에 흑곰은 당황 반, 분노 반의 심정으로 앞발을 휘둘렀다.

흑풍의 머리를 정확히 노리고서 휘두른 것이었다.

부우웅!

묵직한 파공음과 함께 새하얀 발톱과 두꺼운 앞발이 순식간에 흑풍의 머리로 쇄도했다.

체중이 제대로 실린 일격이었다.

하지만 그 공격을 흑풍은 예상했다는 듯이 고개를 숙이는 것으로 피했다.

이 회피를 위해 흑풍은 일부러 흑곰이 앞발을 휘두르기 딱 좋은 높이로 머리를 든 채로 달려들었다.

오직 이 순간만을 위해서 말이다.

퍼억!

머리를 숙임과 동시에 흑풍은 그대로 체중을 실어 흑곰을 들이받았다.

그러자 흑곰의 몸뚱이가 들썩거렸다.

거대한 흑풍의 무게도 무게지만 달려오던 속도까지 더해지자 제아무리 흑곰이라도 버텨 낼 재간이 없었다.

게다가 흑풍은 혼자가 아니었다.

퍼퍼퍼퍽!

말은 무리를 지어 생활하는 짐승이었다.

또한 우두머리를 끝까지 따르는 동물이었기에 흑풍이 몸을 날리자 뒤따르던 말들도 일제히 흑곰을 들이받았다.

쿠에엑!

그뿐만 아니라 흑풍은 넘어진 흑곰을 잘근잘근 밟았다.

춤을 추듯 몸을 들썩이며 두 개의 뒷발로 계속해서 내려찍었다.

혼자라면 불가능했겠으나 다른 말들이 넘어진 흑곰을 계속해서 밟고 지나갔기에 가능했다.

물론 흑곰도 상황을 반전시키고자 어떻게든 몸을 일으키려 했으나 그때마다 흑풍이 귀신같이 뒤차기를 날려 넘어뜨렸다.

"대체 누굴 닮아서 저렇게 호전적인 거야? 이러다가는 진짜 호랑이도 잡겠다."

거대한 곰이 불쌍해 보일 지경으로 잘근잘근 짓밟는 흑풍과 말들의 모습에 산책이나 할까 싶어 흔적을 뒤따라온 유하성이 실소를 흘렸다.

산 하나를 지배하고도 남을 곰이 반쯤 죽어서 꿈틀거리는 모습을 보자 어이가 없어서였다.

푸히히힝!

아무리 맹수라도 체급 차이는 무시할 수 없었다.

육중한 무게에서 나오는 힘은 곰이라도 어쩔 수 없었고, 결국 죽은 흑곰의 가슴 위에 두 앞발을 올린 흑풍이 포효했다.

자신이 승리했음을, 영역을 지켰음을 온 산에 선포하는 것이었다.

푸히힝! 푸히히힝!

그런 흑풍을 따라 하듯 다른 말들도 일제히 울부짖었다.

이윽고 공터에 말들의 울음소리가 가득 찼다.

"어휴."

마치 승리의 함성을 내지르는 것 같은 모습에 유하성은 고개를 절레절레 저었다.

흑풍을 닮아 가도 너무 닮아 가는 것 같아서였다.

이러다가는 진짜 호랑이한테도 달려들 것 같았다.

푸르륵!

유하성의 마음을 아는지 모르는지 맘껏 포효를 내지른 흑풍이 다가와 가슴팍에 머리를 비볐다.

칭찬해 달라는 듯이 애교를 부리는 모습에 유하성은 결국 피식 웃었다.

"진짜 산왕(山王)이 되고 싶은 거냐?"

푸릉!

흑풍이 그렇다는 듯이 짧게 울었다.

아니, 눈빛은 이미 자신이 산왕이라고 말하는 듯했다.

"녀석."

근데 유하성은 그걸 부정하지 못했다.

이미 흑곰이 사체가 되어 있을뿐더러 늑대 무리 정도는 가볍게 쓸어버리는 게 흑풍이었다.

과거에는 거대한 멧돼지도 때려잡았었고.

이제 남은 건 진짜 호랑이밖에 없었다.

"마음껏 뛰어노는 건 좋은데, 치고 빠질 때를 잘 알아야 해. 만용을 부리면 안 돼. 만용의 끝은 죽음이니까."

푸히히힝!

대답하듯 길게 우는 흑풍이었으나 유하성은 그리 믿음이 가지 않았다.

자신에게야 애교를 부리지만 다른 짐승들에게는 그렇지가 않아서였다.

폭군이라는 말이 너무나 잘 어울리는 우두머리가 흑풍이었기에 유하성은 걱정스러운 눈빛으로 목덜미를 쓰다듬어 주었다.

"간만에 달리기 시합 한번 할까? 정정당당하게 육체적인 능력만 사용할게."

푸륵. 푸르륵!

흑풍의 눈동자에서 호승심이 휘몰아쳤다.

내공을 사용하지 않는다면 충분히 승산이 있어서였다.

실제로 몇 번 이긴 적도 있었기에 흑풍이 흥분한 듯 앞발로 땅바닥을 거칠게 두드렸다.

"좋아. 여기서 목장까지 먼저 도착하는 사람이 이기는 거다. 알았지?"

흑풍은 이미 대결에 집중한 듯 대답 대신 방향을 틀었다.

목장이 있는 곳으로 머리를 돌렸던 것이다.

그러고는 시선도 주지 않고 오로지 정면만 주시했다.

"자아, 시작!"

푸히히힝!

유하성의 외침과 함께 흑풍이 저돌적으로 질주했다.

반드시 이기겠다는 듯이 엄청난 승부욕을 드러내며 달려가는 모습에 유하성도 피식 웃으며 땅을 박찼다.

그런데 죽어라 달리는 흑풍과 달리 유하성은 느릿하게 두 발을 노니는 것 같은데도 속도는 엇비슷했다.

마치 미끄러지듯이 움직이며 유하성은 흑풍의 옆에서 나란히 달렸다.

# 외전 3 권후拳后

서문세가에서 열린 용봉회에 참석한 이소향은 나른한 표정을 지었다.

예상했던 대로 네가 잘났니, 내가 잘났니 하는 꼴을 보고 있자니 한숨만 나왔다.

다들 명문세가 출신에 각 성에서는 내로라하는 후기지수들이었으나 이소향의 눈에 들어오는 무인은 몇 없었다.

"여기 있었네?"

"주성 오빠."

"역시 구석에 있을 줄 알았어."

"여기가 제일 편해."

이제는 약관이 훌쩍 지났음에도 여전히 어렸을 적의 통통

함을 가지고 있는 황주성이 환하게 웃으며 이소향의 옆에 앉았다.

마치 이 자리는 자신의 것이라는 듯이 말이다.

"사내들이 귀찮게 하지?"

"응. 근데 그건 오빠도 마찬가지야."

"에이. 내가 언제?"

새치름한 표정을 지으며 하는 말에도 황주성은 넉살 좋게 웃었다.

어렸을 적부터 이랬기에 이제는 적응이 되었다.

"오빠가 사고 친 게 한두 개인 줄 알아?"

"그랬었나?"

황주성이 기억 안 난다는 듯이 반문하며 앞에 놓인 과일 하나를 집어 먹었다.

그러나 시선은 연신 이소향의 표정을 살피고 있었다.

"모르는 척하긴."

"진짜 기억이 안 나서 그래."

"검후다!"

"보타문주가 왔다!"

그때 황주성을 도와주듯 연회장이 소란스러워졌다.

한쪽이 갈라지며 연화와 그 제자가 모습을 드러냈던 것이다.

당대의 검후와 소검후의 등장에 후기지수들이 우르르 몰

려갔다.

웬만해서는 섬에서 나오지 않는 검후와 소검후였기에 이번 기회에 친목을 다지기 위해서였다.

"비켜 주시죠."

그러나 폭풍우처럼 쏟아지는 인사에도 연화는 웃으며 부탁했다.

지금은 인사를 나누고 싶지 않다는 듯이 말이다.

부드럽지만 위엄이 서린 그녀의 말에 후기지수들이 머쓱한 표정을 지으며 좌우로 갈라졌다.

"이쪽으로 오시는데?"

"어떻게 아셨지?"

이쪽을 향해 오는 두 사람의 모습에 황주성이 당황한 표정을 지었다.

설마하니 이곳으로 곧장 올 줄은 몰라서였다.

반면에 이소향은 다른 의미에서 놀랐다.

마치 자신이 이곳에 있을 줄 알고 오는 듯해서였다.

"오랜만이다, 소향아?"

"안녕하세요, 문주님."

"언니! 왜 약속 안 지켜요?"

떨떠름하게 인사하는 이소향을 향해 소검후라 불리는 소녀가 토라진 듯이 쏘아붙였다.

그러나 입꼬리는 미세하게 떨리고 있었다.

아직 어린 나이인 만큼 반가움을 숨기지 못하는 것이었다.

“바빠서 못 갔어. 무당산에도 가야 했거든. 나 무당파의 속가제자인 거 잊은 건 아니지?”

“그래도 오기로 했잖아요!”

“가려고 했어. 복건성에 들른 다음에.”

“아, 대청표국에요?”

“응.”

소녀가 고개를 주억거렸다.

이소향과 대청표국의 인연에 대해서는 그녀도 알고 있어서였다.

“그래도 너무해요. 요즘에는 편지도 잘 안 보내 주시고.”

“일이 많았어. 새로 합류한 가솔들도 가르쳐야 하고. 또 내 수련도 있으니까.”

“너무 혹사하는 거 아니에요?”

소녀가 얼굴 가득 걱정하는 표정을 지었다.

자신도 무공수련에 쏟는 시간이라면 누구에게도 뒤지지 않는데 이소향은 예외였다.

그 정도로 이소향이 수련에 쏟는 노력은 어마어마했다.

꼭 노력에 비례해서 무공의 수준이 높아지는 것도 아닌데 말이다.

“혹사는 무슨. 사부님께서는 나와 같은 나이 때 이보다 더 하셨어. 또한 외로운 길을 홀로 걸으셨지. 그에 비하면 내가 걷는 길은 비단길이야."

"그 얘기는 들었어요. 오직 태극권 하나에만 매진하셨다고."

"맞아. 그리고 패왕이 되셨지."

"언젠가 우리 사부님이 천하제일인의 자리를 차지하실 거예요!"

소녀가 호기롭게 소리쳤다.

그 모습에 이소향이 씨익 웃었다.

꿈을 꾸는 건 자유지만 이루는 건 쉽지 않을 거라고 말하는 것처럼 말이다.

그걸 소녀도 알아차렸는지 입술을 삐죽 내밀었다.

"어쩜 사부랑 그리 똑같니? 하는 행동이."

"귀찮고 번거로운 건 피할수록 좋으니까요."

"그래도 너무 거리를 두는 것도 좋지 않아. 가주님도 인간은 함께 살아가는 거라고 하셨단다."

"알고 있어요."

유하성이 했던 말은 전부 다 기억하고 있었다.

그리고 그녀는 타인에게 벽을 세울 생각은 없었다.

만약 그럴 생각이었다면 이렇게 용봉회에 참석하지도 않았을 터였다.

단지 그녀의 성향이 이렇게 지켜보는 걸 좋아할 뿐이었다.

"부담스럽니?"

"……네."

"다른 사람은 몰라도 나는 이해해. 나 역시 너와 같았으니까. 나도 너와 비슷한 나이일 때 소검후라 불렸거든. 근데 그 부담감에 짓눌리면 안 돼. 짓눌리는 순간 모든 게 끝나. 그건 싫지?"

"이겨 낼 거예요. 사부님을 실망시킬 순 없으니까요."

이소향의 눈빛이 단단해졌다.

이 세상에서 그녀가 제일 좋아하는 사람은 누가 뭐래도 유하성이었다.

그녀를 구원해 준 사람이며 현재를 살아가게 만들어 줬고, 미래를 꿈꿀 수 있게 도와주었다.

그런 만큼 이소향은 절대 유하성을 실망시키고 싶지 않았다.

"근데 그거 아니? 가주님이 과연 그걸 바랄까?"

"……?"

이소향의 눈동자가 흔들렸다.

순간적으로 연화의 말이 가슴에 확 박혀서였다.

"가주님이 너에게 무언가를 바란다고 말한 적이 있니?"

"어, 없어요."

"나도 마찬가지야. 내 제자에게 무공을 가르치고, 삶을 보여 주지만 바라는 건 많지 않아. 왜? 나의 인생이 있듯 제자의 인생이 있기 때문이야. 물론 목표는 중요하지. 그렇지만 그게 인생의 전부는 아냐. 또한 스스로의 목표를 정하는 것도, 찾는 것도 본인의 몫이고."

꿀꺽!

이소향이 마른침을 삼켰다.

생각해 보니 유하성은 지금껏 그녀에게 무엇을 하라고 말한 적이 없었다.

정작 본인은 명운의 꿈이자 목표였던 천하제일문과 천하제일인에 온 인생을 걸었으면서 말이다.

'굳이 하나를 꼽자면 행복하게 살라고 하셨지. 내가 행복했으면 좋겠다고.'

유하성을 실망시키고 싶지 않다는 건 어떻게 보면 그녀의 목표였다.

또한 이소향의 바람이었고.

그러나 정작 유하성이 바라는 것은 그녀의 행복이었다.

"너무 부담 갖지 마. 내가 보기에 이미 충분히 잘하고 있으니까. 네 나이에 권후(拳后)라고 불린 여고수는 없었어. 과거에도 없었고. 그러니까 자부심을 가져도 돼."

"맞아요, 언니! 우리가 무림쌍후(武林雙后)가 되는 거예요! 우선은 천하십대고수에 들고, 그다음에 천하제일인의 자리를 두고 자웅을 겨뤄요!"

연화의 제자인 청혜가 짐짓 도발적인 눈빛을 보내며 소리쳤다.

이미 검후라도 된 것처럼 말이다.

그 모습에 이소향은 자기도 모르게 실소를 흘렸다.

"일단 검후부터 되고 나서 덤비렴. 넌 아직 소검후니까."

"치잇!"

청혜가 입술을 삐죽 내밀었다.

아픈 곳을 정확히 찌르자 할 말이 없어서였다.

"사저!"

"사매!"

그때 무당파의 상징과도 같은 청색 도복을 입은 도인들이 우르르 모여들었다.

연화와 청혜로 인해 이소향의 위치를 파악한 무당파의 제자들이 모여든 것이었다.

같은 항렬인 원자배를 비롯해서 이대제자들이 얼굴 가득 반가운 미소를 지었다.

특히 속가제자들의 환호가 뜨거웠다.

"오랜만이에요, 사저!"

"잘 지내셨어요?"

"올해는 무당산에 왜 안 오셨어요?"

순식간에 이소향을 둘러싼 이대제자들과 속가제자들이 쉴 새 없이 질문을 쏟아 냈다.

하지만 그럼에도 이소향은 웃었다.

이들과 함께했던 시간이 떠올라서였다.

"흠흠! 이 소저. 시간이 괜찮으시다면 비무를 신청하고 싶습니다."

"오오!"

한창 이야기를 나누는데 소림사의 범유가 찾아왔다.

차기 소림사의 방장이 그녀에게 도전장을 내민 것이었다.

"오늘도요?"

"지금이 아니면 또 언제 소저를 만날 수 있을지 모르지 않습니까?"

"알았어요."

나이는 열 살 넘게 차이 나지만 전적은 박빙이었다.

미세하게 범유의 승률이 높기는 하나 그 차이는 그리 크지 않았다.

그리고 범유의 나이를 생각하면 오히려 이소향이 더 대단한 것이었다.

십 년이 넘는 격차를 이만큼이나 줄인 것이니까.

"범유 대사와 권후의 대결이다!"

"올해도 비무를 하는구나!"

"모여, 모여!"

"다음 차례는 나다!"

과거 용봉회에서도 몇 차례나 있었던 비무였기에 놀라는 이들은 없었다.

오히려 다들 기대하는 표정이었다.

이소향과 범유의 대결은 보는 것만으로도 흥미진진할 뿐만 아니라 배우는 것도 많았다.

또 각자에게 큰 자극이 되기도 했고 말이다.

콰앙! 쾅!

범유를 시작으로 이소향은 다른 후기지수들과도 비무를 했다.

결과는 연전연승이었다.

더욱더 발전한 진무 태극권으로 이소향은 도전자들을 모두 제압했다.

가히 권후라는 별호가 절로 떠오를 정도로 말이다.

"진짜 많이 컸어."

"많이 컸지. 그만큼 우리도 나이를 먹었고."

연회장이 내려다보이는 칠 층 전각의 지붕에서 유하성이 씨익 웃었다.

그러자 옆에 앉아 있던 이춘상이 씁쓸한 표정을 지었다.

안 그래도 눈가에 주름이 하나둘 늘어 가고 있음을 느껴서였다.

"사부님이 이런 심정이었을까."

"그렇지 않을까? 저 아이들이 우리의 다음 세대이니까."

반대쪽에 서 있던 현광이 흐뭇한 미소를 머금고서 비무를 지켜봤다.

그의 제자가 호기롭게 이소향에게 도전했다가 속수무책으

로 밀리고 있었으나 현광은 웃었다.

승리에서 배우는 것보다 패배에서 배우는 게 훨씬 더 많아서였다.

그리고 처음부터 끝까지 이기기만 하는 무인은 없었다.

수없이 많은 패배를 경험하고, 그걸 딛고 일어선 자만이 천하제일을 논할 수 있었다.

당장 옆에 있는 유하성만 하더라도 끝없는 좌절 속에서 허우적거리던 시절이 있었지 않은가.

하지만 결국 그 모든 역경을 딛고 유하성은 이 세상에 딱 하나뿐인 권좌에 앉았다.

"그리고 우리도 언젠가는 떠나겠지."

"벌써 죽음이 무서워진 거냐?"

하늘을 올려다보는 이춘상을 향해 현광이 물었다.

이상하게 오늘따라 감성적인 것 같아서였다.

"그럴 리가. 시간이 너무 빨리 흐르는 것 같아서. 사부님 생각도 나고."

"친하다고 다 같이 갈 필요는 없는데 말이지."

현광이 씁쓸한 표정을 지었다.

같은 해에 명천을 시작으로 취선과 천강, 각현이 귀천했다.

마치 약속이라도 한 것처럼 말이다.

이제는 보고 싶어도 볼 수 없는 사부를 떠올리며 현광은 두 눈을 감았다.

"그래도 편히 가셨으니까. 평화로운 시기에."

"우리가 고생을 안 하려면 저 아이들이 잘 자라 줘야 하는데."

"응? 넌 포기했어? 난 아직 포기 안 했는데. 죽기 전에 한 번은 이겨 봐야지."

이춘상의 표정이 달라졌다.

벌써 지천명에 가까운 나이가 되었으나 그의 육신은 여전히 탄탄했다.

유하성을 따라 관리에 신경 썼기에 지금도 전성기라 해도 과언이 아니었다.

"여기에서 뭐 해요? 왔으면 내려오지."

그때 지붕 위로 연화가 올라왔다.

세 사람의 기척을 느끼고 이곳으로 온 것이었다.

"후기지수들이 노는 자리에 우리들이 끼는 건 좀 아니지 않습니까?"

"그럼 전 뭐가 돼요?"

연화가 샐쭉한 표정을 지으며 현광을 흘겨봤다.

지금의 발언은 그녀만 이상한 사람으로 만들어서였다.

"죄송합니다. 제가 실언을 했네요."

"기억해 두겠어요."

콧김을 내뿜으며 말하는 연화의 모습에 현광이 겸연쩍게

웃었다.
그리고 그 모습을 유하성이 웃으며 지켜봤다.
가족도 생기고 마음을 터놓을 수 있는 친구들도 있자 이상하게 유하성은 가슴이 든든해졌다.
'이 정도면 행복한 삶이지.'
유하성은 문득 자신의 삶을 되돌아봤다.
외롭고 힘겨웠지만 추억도 많았다.
거기다 꿈과 목표도 이루었기에 여한이 없었다.
물론 그렇다고 친구들에게 천하제일인의 자리를 넘길 생각은 없지만 말이다.
"앞으로도 행복하게 살자."
"뭐야? 갑자기?"
"그러게. 곧 죽을 것처럼."
"왜 그래요?"
생뚱맞은 말에 세 사람이 어처구니없다는 눈빛을 보내왔지만 그조차도 유하성은 즐거웠다.
다 같이 늙어 간다는 생각이 들어서였다.
그리고 이렇게 오래오래 함께 지내고 싶었다.
앞으로도 쭉 이렇게.